Sophia Gui
···作品

最闺蜜：

在天最黑的时候
陪你等天亮

吉林出版集团有限责任公司

图书在版编目（CIP）数据

最闺蜜：在天最黑的时候，陪你等天亮 / Sophia
Gui 著 .— 长春：吉林出版集团有限责任公司，2015.1
　　ISBN 978-7-5534-6507-4

　　Ⅰ . ①最… Ⅱ . ① S… Ⅲ . ①随笔—作品集—中国—
当代 Ⅳ . ① I267.1

中国版本图书馆 CIP 数据核字（2014）第 302826 号

最闺蜜：在天最黑的时候，陪你等天亮

著　　者	Sophia Gui	
责任编辑	顾学云　　奚春玲	
封面设计	菩提果	
开　　本	880mm × 1230mm　　1/32	
印　　张	8.25	
版　　次	2015 年 3 月第 1 版	
印　　次	2015 年 3 月第 1 次印刷	

出　　版	吉林出版集团有限责任公司
地　　址	北京市西城区椿树园 15–18 号底商 A222
	邮编：100052
电　　话	总编办：010–63109269
	发行部：010–51582241
印　　刷	北京时捷印刷有限公司

ISBN 978-7-5534-6507-4　　　　　　定价　32.00 元

序

最闺蜜，最甜蜜

女人，总是爱幻想的。

女人幻想可上天入地，可穿行万里。女人的幻想中，无非是男人、女人——当然，这个世界无非也是由这两种生灵分分合合打打闹闹着维系和延续的。在所有女人的幻想中，都有一个共同的主人公：最可信、最可心、最能听自己说话、最能说出自己最想听的话的另一个女人。我叫她：最闺蜜。

幻想中，最闺蜜身经百战却始终相信爱情，这个闺蜜阅人无数却还是天真浪漫，这个闺蜜聪明伶俐却不乏简单和单纯；幻想中，最闺蜜可以陪我们逛街、陪我们 k 歌、陪我们吃羊肉串烤腰子、陪我们慵懒法式下午茶；幻想中，最闺蜜知道什么时候大道理如长江之水绵延不休，最闺蜜知道什么时候坐在我们对面只安静专注地听着绝对不装聋只作哑。

我们幻想着这样一个最闺蜜，是因为，太多时候，我们对于男人的幻想无法满足，于是，我们把太多诉求太多愿望，都转到了最闺蜜的身上。范范在歌中唱到："如果不是你，我不会相信，朋友比情人更死心塌地。"事实上，的确如此。最闺蜜在你热恋的时候，也许真的会被你"冷冻结冰"，但是，只要你一个微信一个电话，甚至一条朋友圈，她就会发来私信或者亲自光临。毕竟，谁能够比同为女人的最闺蜜更懂得女人呢？

和最闺蜜的相处总是愉悦的，总是甜蜜的，那种愉悦和甜蜜与和爱人在一起的不同，没有讨巧没有卖乖，那是放松的肆意和简单的真实。彼此可以披头散发、四仰八叉地谈天说地，找到那份知音般的理解和亲人般的依靠。这种甜蜜的感受，除了最闺蜜，哪里，还找得到？

我，就是你的最闺蜜。

也许我没有身经百战或者阅人无数，但是，我有一班让旁人羡煞不已的最闺蜜。我们有的从十几岁开始进入对方的生命，有的不过萍水相逢却惺惺相惜。我们谈男人谈女人谈政治谈经济，我们旁征博引说古论今基本接近于一壶浊酒喜相逢都付笑谈中。

谈过天说过地，最闺蜜发现，女人总是在自己的世界里加入了太多的甜蜜的期待和幻想：对自己、对男人、对世界。从小到大的来自于这个国家、这个社会、学校和家庭的教育和灌输，让我们有了自己并不真心懂得或者真心认可的世界观和爱情观，为了某些假想、为了某些理论，一个个女人在寻爱的道路上前仆后继勇往直前。有的头破血流，有的改头换面。有的感慨自己运气绝佳碰到了绝世好男人，有人唏嘘感叹自己遇人不淑又充满勇气地断然离开。但是有些黯然神伤没勇气的，除了每日吐槽却依然选择坚忍度日乃至时间久了还会为对方居然给自己了点儿小温暖就满足不已。人本是适者生存优胜劣汰的幸存者，有着巨大的适应能力和自我调节能力。古语说，"没有憋死的牛，只有愚死的汉"，这也就是个讽刺。牛都会自己想辙，宰牛吃牛的人，更是如此！女人在自我调节和适应环境的方面，更有着绝大的潜力和潜能。"换个角度"、"相对而言"和"凑合着过"，基本上已经成为现代非幸福女性的三大生存法宝。并非女人不愿意分手或者放弃，只是，斩断情丝这件事情，从生理和心理上，对女人而言，都是"相对而言"更加困难的一件事情。因为困难和难过，许多女人便认为自己没有了这种能力。

其实，不然。

女人，的确更容易产生一种叫做 attachment 的"粘连"情节：对小猫小狗的喜爱、对阴晴圆缺的感慨、对韩剧日剧主人公的同情，都是女人 easy attachment 产生之后的表现。但是，当断不断，必受其乱。有时候，我们需要学会 detachment。流浪的小狗可怜又可爱，我们不能把每一只都带回家；月有阴晴圆缺已是必然变化，我们不能每逢初一都冷艳朦胧，而十五就欢呼雀跃；跟着《蓝色生死恋》和《对不起我爱你》哭上一嗓子也就罢了，我们不能每天就抱着 pad 流连在那些故事里。喂完了流浪狗狗，还是得回家喂饱自己；看完了上弦月，还是得关灯睡觉明儿一早起来上班赚银子；一把鼻涕一把泪之后，还是得补个面膜眼膜省得鱼泡眼儿不美丽。这就是detach，这就是适度的理智的分割情感和反粘连。对猫猫狗狗花花草草如是说，对男人对感情也是如是说。人，要尊重自己，尊重自己的感受。女人，更要尊重自己并尊重自己的感受。不该打的电话，就不要打；不该坚持的感情，就放弃。

　　我是你的最闺蜜，我想要带你了解你自己。因为只有了解了你自己，你才会知道什么是真正的甜蜜。而最后，你会发现，你才是自己的最闺蜜——不离不弃、始终甜蜜。

目 录

壹

女人观

别改变，
至少，别为了谁，而改变。

红玫瑰和白玫瑰 / 003

乞　求 / 006

你真的没有选择了吗？ / 010

别改变 / 015

Try / 022

请坚持你的底线 / 029

习惯不等于舒服 / 031

妈妈的话 / 035

你把我当什么？ / 038

致原配 / 040

性 / 051

强势的女人 / 061

不要试图逃离孤独 / 066

貳

男人观

男人，只是一种人。

男人只用下半身思考？ / 073

他爱的不是你 / 079

他只是不想跟你结婚 / 084

爷们儿 / 086

热情的摩洛哥男人 / 090

胖子的故事 / 095

遗憾 / 103

生孩子 / 113

他们的故事 / 121

相对论 / 123

我爱你的缺点 / 131

理解万岁 / 133

叁

最闺蜜

在天最黑的时候，
陪你等天亮……

化好妆，再写作 / 141

Blind Date / 144

三十岁以前别结婚？ / 149

给自己花钱 / 157

别太把自己当回事儿 / 165

你有你的美 / 169

说谎 / 172

吵架 / 178

一个人的房间 / 182

严防死守 / 186

疑虑 / 190

致小三儿 / 193

肆

世界观

男人和女人的世界,

你永远只能观到一半……

分手 / 201

是爱还是爱赢? / 207

他很适合结婚 / 215

可怕的期待 / 218

虚伪的关心 / 224

门当户对 / 231

贫贱夫妻百事哀 / 238

闺蜜 / 244

三个致命印象 / 250

已婚和未婚 / 253

所有花朵都要绽放，
在属于它的时间和空间里。

女人观：

别改变，

至少，别为了谁，而改变。

红玫瑰和白玫瑰

摄影：Sophia Gui

不要拘泥于白玫瑰红玫瑰的传说，
你就是那朵荒野上独一无二的玫瑰。

1944 年，张爱玲随意地写下了这样的字句："也许每一个男子都有过这样的两个女人，至少两个。娶了红玫瑰，久而久之，红的变成了墙上的一抹蚊子血，白的还是'床前明月光'；娶了白玫瑰，白的便是衣服上的一粒饭粒子，红的却是心口上的一颗朱砂痣。"

之后，便有无数的男人女人都带着对红玫瑰和白玫瑰的幻想和渴望，活在这个由无数个颜色的玫瑰组成的花花世界里。

红玫瑰和白玫瑰的说法缘何那么流行而被认可呢？因为，这种说法纯粹。纯粹又怎么样？这个世界上纯粹的东西太少，而张爱玲的说法，让人们对不同的美好有了最简单最直观的定义。于是，一个个女人前仆后继，想要成为其中的一朵：纯粹而美丽。而所有男人，也都前仆后继，想要找到当中的一朵，or 两朵。

其实，生活中哪有那么明确而清晰的事情啊！

不论是红玫瑰还是白玫瑰，不过都是万花丛中的一朵，你可以选择今天娇艳妩媚，也可以选择明天清纯可人。没有一定之规、没有特别需要遵循的原则。我身边有一些女朋友，无论逛街买衣服还是聊天说话，都很喜欢说"那不是我的风格"。当然，我尊重你的风格——如果那真的是你选择的喜爱的风格——但是，很多风格，你没有尝试过，又如何断言那不可能是你未来的风格呢？从来都没有试过的东西就直接否定，除了表示你的确很清晰地知道自己想要什么，是不是也表示你拒绝进一步了解自己呢？就好像，一个人从来没有吃过辣椒，就说自己不喜欢辣椒。你知道辣椒是什么吗？在食物里，我不吃香菜茼蒿蒿子秆和茴香，那是因为，这几样东西我都在不知道它们为何物的情况下尝过吃过，仍然实在无法体会它们的美好和滋味，遂放弃。可是，小时候我嫉恶如仇的茄子胡萝卜和香菜，如今已经变成我的小热爱。当然，我并不准备接受香菜茼蒿蒿子秆和茴香，如果没有特殊情况，我也应该不会再尝试香菜茼蒿蒿子秆和茴香，甚至想象有一天，我会大口吃着香菜茼蒿蒿子秆和茴香其中任何一种，我现在都会不寒而栗。但是，我起码真的知道它们的味道才拒绝的啊！

对于许多事情，如果没有大碍，不妨试试看，你又不会失去什么，对吗？虽然遵守自己的风格的确是很有诱惑力和定力的表现，但是，多样性和变化性也是世界之美存在的原因。不要给自己一个死框框硬条条，非要做娇艳的红玫瑰或者纯情的白玫瑰，你可以自由绽放。再说，谁说白玫瑰没有性感迷人的时刻？谁说红玫瑰不会安静怡人地开放？歌神陈奕迅在歌曲说，"得不到的永远在骚动"，所以，有时候，对某种事物的向往不过主观上赋予了这种向往某种美好的想象；而对某种事物的恐惧，除了真心的讨厌之外，很多时候，是因为主观上赋予了它某种不美好的向往。想法有很大的力量，鼓励或者阻止我们去做某件事情，想法也很无力，只有在行动面前，所有想法才能够得以证实或者推翻。

所以，去行动吧！去展现你独特的颜色，不要拘泥于红玫瑰白玫瑰的传说，你就是那朵荒野上独一无二的玫瑰。

乞 求

摄影：Sophia Gui

乞求，不是因为骄傲，

只是因为，乞求，不好玩儿。

以为时代在发展吗？以为女性已经独立自主坚强自由不但能够撑起半边天甚至四分之三还绰绰有余吗？以为大部分男朋友老公都在对着女朋友媳妇儿摇尾乞怜死乞白赖刻意讨好努力维系吗？

I am sorry，亲爱的姐妹们，这并不是事实。无论你喜欢或者不喜欢这个事实，或者这个说法，这都是无可争辩无须争辩也无法争辩的 facts。

在生活中，乞求的，大部分，仍然是号称独立自主了的我们：女人。

原因，很简单，也很复杂：女人，总是选择面对现实、接受现实。

接受现实怎么会开始乞求呢?

每个人都是一个独立的个体，我们爱自己，有人会喜欢在洗澡的时候看着镜子里赤裸的自己温柔地融化在慢慢散开的玫瑰香浴液里，有的人会在化妆的时候对比着画好的左眼和没有画好的右眼感慨眼线笔让自己心灵的窗户又放大了一圈，也有更多的人在行走时利用每一扇反光的玻璃墙每一个汽车的反光镜尤其是试衣间外的那片会把自己照成小仙女一样的镜子让自己更加爱自己。我们都爱自己，所以，我们想方设法地让自己的自我感觉更良好，所以，我们健身我们美容我们购物我们学习跳舞学习油画，也所以，我们不断降低标准——因为，这样一来，我们就没有必要一直面对一个频繁失望和失落的自己，我们就不需要感觉自己不被爱不被重视。

我们不断降低着我们对爱的标准，不断调整着我们对爱的信仰，我们号称自己是与时俱进、接受现实，我们拿起小时候蔑视万分的一个叫做阿 Q 的男人的自欺欺人的理论，我们在众人面前摆出一副恩爱和甜蜜的惹人嫉妒像，我们感慨那些单身的或者虽然理论上不单身但是诚实地承认结了婚也在守活寡的同胞们，其实，我们这样做的目的，只有一个，就是让我们自己感觉，我们还好、我们没有那么糟糕。我们总是跟自己说，换一个角度、换一个思路、从另一个方面来说、在某种程度上，and blar blar blar，其实，我们只是想要证明，我们没有那么失望，无论内心深处，我们多么失望难过，在第二天太阳升起时，我们都想要证明，我们其实没有那么凄惨，因为，还有太多比我们还凄惨的人类在地球上生存。说的直白一点儿，我们用一种貌似骄傲的方式、卑微地乞求，乞求那个日理万机的他腾出百忙当中的一小点儿时间；我们用我们的温柔卑微地乞求，乞求一个让我们自己感觉温暖的拥抱。倘若这种乞求不起作用，我们就换一个方式继续乞求。仍然不起作用？那就干脆用接受来掩饰所有的乞求。

这种接受，这种心不甘情不愿的接受，才是最卑微的乞求。

亲爱的啊，亲爱的你们和我们都忘记了啊！当我们还是一个人的时候，我们大可花掉百分之百的收入、搭上百分之百的时间、投入百分之百的热情，去愉悦自己。可是，当有了心爱的人，当有了在意的人，曾经用来爱自己和满足自己的百分之百，会不自觉地让步，会拿出从一点点开始的越来越多的比例，去让步，去妥协，去爱对方和在意对方。

　　诚然，我们不能自私且不切实际地期待，对方用爱自己的时间和精力会超过他爱自己的那一部分——热恋中的人们自觉飘过——但是，倘若，你感觉到那份关心和爱意竟然微弱到如渐弱的烛火，那么，你真的要用降低标准的方式去乞求吗？深夜一点不回家又没有一个信息和电话的男人，不会因为你优美或者狼狈地靠在沙发上睡着、亦或因为你做好的满汉全席、再或者你的性感内衣，而良心发现，发生任何变化。变化，在现实生活里，确实是有可能的，一场大地震，山川河流都会被颠覆。如果，一个人的生活也经历了一场大地震，或者，真的发生了翻天覆地的变化，他也许会觉悟会顿悟会醒悟，epiphany 也许真的会发生。但若是没有、没有那些惊天动地和泣鬼神，只靠潺潺流水，就试图改变人性、尤其是男人性，必是徒劳的。

　　你的爱确实会吸引来更多的爱，只是，这种吸引，是大自然间最单纯和最不功利的吸引。倘若带着乞求的心，你散发的不是爱，因此，也绝对无法吸引爱。

　　不乞求，不是因为我们骄傲，只是因为，乞求，不好玩。

你真的没有选择了吗？

制作：Sophia Gui

有一种病，叫臆想综合症

很多姑娘都说，我没有办法啊！我没有别的选择了！

你，真的没有选择了吗？

我的一个闺蜜，研究生学历，外语专业。处处与人为善、大方宽容。标准身高，丰乳肥臀，小瓜子脸，樱桃小嘴儿。不化妆永远是22岁女大学生；空气妆立刻化身韩国偶像剧里温柔善良女猪脚；倘若淡妆浓抹外加小烟熏，直接妖媚到妖娆无限自醉人。生性节约从不浪费，喜欢干净，家里家外一把手。大气豪迈，一点儿也不小心眼。25 岁研究生毕业之前，被人介绍认识了 J 先生。约会聊天偶尔逛街，到了毕业时节，男方自然想要结婚生子。闺蜜电话我，问我是否该结婚。 我哪里知道？我又没结过（各种汗中）……

于是，我问她：你想结吗，亲爱的？

她说：一般。

这叫什么答案？

摩羯加双子加天秤的劲儿上来：那你是想结还是不想结啊？！

她说：都行。没有特别想要和他结婚的欲望，但是，也没有什么不结的理由。

26 岁，她完婚。

婚后是否幸福当然取决于人类对于幸福的不同的定义，我也不想说 J 先生喜欢喝酒喜欢烤串喜欢网络游戏却不喜欢睡觉，我也不想说他们分房间睡觉已有很多年我闺蜜甚至都不愿意踏进她老公的房间。我只想说，他们拥有世界上最可爱的宝宝们当中的一个，他们有房有车有收入，他们不愁吃穿日子过得殷实。

有人觉得她好幸福，有人觉得她倍儿凄惨。

我们不讨论别人的幸福，我们只是八卦一下，另一种选择会带来的另一种可能性。

选择综合症好像是一种病。大概意思是，有的人在面对大于一个选择的时候，会由于考虑太多而无法进行正常的考虑和对比，反而陷入纠结和痛苦当中。每一个选择都意味着不同的结果，想要享受这个选择带来的美好，却惧怕这种选择阻碍了其他选择的更加美好的可能性以及这种选择本身的弊端。因此，每一个选择，都备选，又无望。在诸多可能和权衡中，失了衡。其实，还有一种病，叫臆想无选择综合症。就是说，有的人总认为自己没有别的选择了。他们或者她们要么认为自己不够好不够优秀，要么认为现实大都是充满残缺和遗憾。他们或者她们（主要是她们）认为，不要总是抱着不切实际的幻想，期待更加美好和更加可爱的人儿或者结局出现，如果不选择当前的这个选择，之后很可能没有选择了，纵然还有别的选择，往往也是不得意的选择，说不定，还不如这个呢！倒枉费了大好年华。反正，我也就是这个德行，还期望什么呢？不喜欢这个说法，是吧？觉得我贬低您了？你觉得你自己个儿不是这么想的？

不高兴啦？对不住您嘞！认为自己没得选，大多是懒得要死，但是那么懒的为自己的人生做选择，也是够消极的了吧！

所以，每每我们对自己或者对别人说，我们没有选择的时候，我们其实是，放弃了选择的权利，或者，干脆纵容自己选择那个自己并不满意的选择。"没有选择"本身只不过是一个借口、一个让自己可以后悔、可以不负责任的借口。等到东窗事发，事情不够圆满，你就可以大大方方地说："哎，我也是没办法！那不是没有选择的选择吗？"拜托，你是要解释给谁听呢？谁是真的在意你的生活呢？你不欠任何人任何解释，你只需要对自己负责、对自己的每一个选择负责。

忽然想起了我初恋男友的作家爸爸在他的书中说过的一句话，当然是否为其原创我就不得而知了，姑且援引一下："有的时候，我们以为自己无路可走，其实，我们并非无路可走，而是，无正常意义上的向前的路可走。很多时候，后退也是一条路。只是，大部分人都忘记了这也是一条路。"

套用 Y 叔叔的句型，很多时候，我们认为自己没有选择，其实，我们并不是没有选择，事实上，我们一直都有选择，只是，很多人，忘记了如何去选择，或者不敢去做出自己心之所向的真实的选择。

我们放弃了自己放弃了心放弃了真实放弃了勇敢，我们怕麻烦我们怕孤单我们怕失去我们怕承担后果，我们瞻前顾后思前想后，却偏偏忽略自己最真实的需要。公共的社会标准取代了我们内心的向往，人们的通识的价值观挤走了我们对自己的定义。为了方便为了和谐，我们打着没有选择的旗号，一直在做不忠于自己的选择，或者说，一直在做错误的选择。

　　亲，当你还想说"我没有选择的时候"，你真的没有选择了吗?

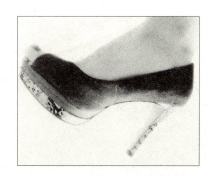

制作：Sophia Gui

没有谁对谁而言，
是足够好的。

别改变

偶的摩羯闺蜜，杰出女性的代表，顾里般的骄傲，女神范儿十足。家境优，气质佳，身材好，性格牛，工作强，能力棒，相貌美，收入高。

白富美？

不是很白，因为人家不稀罕白。那么白干吗？惨白惨白的，又不是医院的床单。喜欢自然肤色，每年至少挑一个海岛晒一个礼拜，没有故意想要古铜的意思，只是喜欢自然的 burn。

这人没毛病？

怎么可能？

豌豆公主般的敏感的肌肤，晒太阳没关系，但是，若是床单上沙发上椅子上有丁点儿小东西，都会第一时间硌到大小姐。轻微洁癖是必然的，摩羯嘛！完美主义情节，但是，区别于处女的是人家要求自己完美，然后也奢望别人偶尔完美一下。轻微工作狂倾向，据说是工作狂的最高境界，即：不把自己的工作当工作了，而是完全享受其中。此摩羯闺蜜就是如此。曾经连轴转不休息地工作 29 天，早 6 起晚 1 之后睡。没有假日没有午休，除了吃饭开车睡觉化妆，就是在工作。此女，每天居然看起来精神抖擞斗志昂扬，不了解情况的都以为她打了鸡鸭鱼牛羊血，才有如此的精力和活力。重点是，姐妹儿这么工作，不是为了—well，不完全为了铜臭。当然，不给铜臭豌豆公主也是肯定不会干的。

没有情趣的姑娘？

说她没有情趣，我中华得有百分之八十七的姑娘都不敢说自己会生活。此女衣服从来不重样，内衣内裤和裙子裤子都是搭配好的，不同的着装配着不同的鞋子和包包，当然还有不同的墨镜和手机套套和指甲颜色。家里所有东西都是颜色搭配好的，纵然一点回到家，也要换洗衣裳敷面膜，溜溜宠物陪他聊聊天。睡前一杯孛根第，再倒立 20 分钟空中 cycling。

疯了，对吧?

还没完呢。

快打扫房间和下厨，床上四件套 10 套富余，家里煎炒烹炸的锅 10 件富余。不是摆设，真的用。2 个小时，八菜一汤绝无问题。擅长烹饪海鲜，烘焙功夫也了得。据说，那个功夫也了得（坏笑一个）。

可是，一个月之前，公主失恋了。

是她提出来的，但是，他居然都没挽留。

豌豆公主抓狂。

是不是我再温柔一点儿他就不会离开我？

是不是我长得不够好看？

是不是我身材不够好？

是不是我太工作狂了？

是不是我太强势了？

是不是我让他觉得喘不过气来？

是不是我总让他觉得有压力？

是不是我没有给他充分的自由？

是不是我和他的朋友在一起的时候不够小女人？

是不是他妈妈不喜欢我？

是不是我太洁癖了？

是不是他碰到了比我还好的人？

是不是我变成他喜欢的样子我们就没有问题了？

不是的，亲爱的，真的不是这样。

我告诉豌豆公主，也告诉我亲爱的姐妹儿们。

不是你不够好。

没有谁对谁而言，是足够好的。

他喜欢或者不喜欢你，真的不是你够不够好的问题。

他喜欢或者不喜欢你，真的不是你改变或者不改变就改变得了的。

问题不在你身上。

至少，不全在你身上。

所以，别改变。

至少，别为了谁，而改变。

在那么那么多的人眼里，豌豆公主是梦幻的女朋友和媳妇儿。至少，在我们一帮姐妹儿中，她是。我们一起吃饭一起睡觉一起旅行一起工作，见过她素颜见过她放屁见过她喝醉了呕吐见过她失恋了发疯，我们还是觉得她是梦幻的女朋友和媳妇儿。她还要改？那让我们这群人类怎么生存？

那他为什么离开我？都不带犹豫的！！！！

没有为什么，我亲爱的宝贝儿。

我就不说那些"是他没有福气""是他瞎了眼""你们没有缘分"之类的套话了。他离开你，因为，他想要离开。纵然你是安吉丽娜朱莉或者斯嘉丽约翰逊，他也照走不误。

没有为什么。

当初，人家见天99朵白玫瑰送早餐送午饭管接管送的时候，您不是也没追问为什么嘛！就没有为什么。

这真的不是你改变就行的事儿。

我亲爱的公主，别改变。

就这样，挺好。

Try

绘画:Sophia Gui

歌曲的重点不是卸掉妆容，
而是，选择。

最近很喜欢这首叫做 Try 的歌，没有理由。演唱者叫 Colbie
Caillat，金发美眉，曲风清新，MTV 值得看几次。卸妆，又如何？

但是，重点是，我们不在意卸妆素颜，并不意味着我们可以邋遢
出场。卸下复杂的妆容是因为我愿意，不是因为我懒得折腾。

本质的区别，有区别的人生。

Put your make-up on

Get your nails done

Curl your hair

Run the extra mile

Keep it slim so they like you

Do they like you?

Get your sexy on

Don't be shy, girl

Take it off

This is what you want, to belong, so they like you

最　闺　蜜

Do you like you?

You don't have to try so hard

You don't have to

give it all away

You just have to get up, get up, get up, get up

You don't have to change a single thing

You don't have to try, try, try, try

You don't have to try

Get your shopping on, at the mall

max your credit cards

You don't have to choose, buy it all

So they like you

Do they like you?

Wait a second,

Why, should you care, what they think of you

When you're all alone, by yourself,

do you like you?

Do you like you?

You don't have to try so hard

You don't have to, give it all away

You just have to get up, get up, get up, get up

You don't have to change a single thing

最　闺　蜜

You don't have to try so hard

You don't have to bend until you break

You just have to get up, get up, get up, get up

You don't have to change a single thing

You don't have to try, try, try, try

You don't have to try

Take your make-up off

Let your hair down

Take a breath

Look into the mirror, at yourself

Don't you like you?

Cause I like you

友情提示：歌曲的重点不是卸掉妆容，而是，选择。

化妆或者不化妆，快乐不快乐，并不直接成正比。但是，如果有一天，你涂满化妆水保湿乳液美白精华日霜隔离防晒毛孔收缩乳 BB 霜气垫粉饼再加散粉盒腮红的化妆程序让你苦不堪言，那就不化呗！爱谁谁，对吧！我就素着，你管我！但是，如果你想要精致可人儿肌肤吹弹可破明眸善睐皓齿红唇，那您就可着劲儿地化，烟熏妆也好，空气妆也罢，你高兴就好。

坊间流传，日本的男人除了可以见到自己女儿的素颜，一生中没有机会见到任何女人的素颜形象，其中包括他们的母亲和妻子。据说，日本女人在结婚之后，会等到老公酣然之后才卸去妆容，在天还没有亮之前就会先起床梳洗打扮好之后再躺在老公身边。鄙人认为，这种手法着实太过夸张，但是，在日本期间，小女子反正从未见过有素颜的女人，妆容素气一些肯定是有的，但是，真正的素颜，一个都没见过。我也不是只在东京京都转悠啊，纵然到了奈良和百川这样的乡下，经营小店的欧巴桑也都是带着妆的。所以，让我惊讶的不只是她们的礼貌，而是，纵然在僻壤也不忘优雅的态度。

　　我们都试试吧！对于有的人，试着擦掉那一层层外衣，露出天然的白自然的黑偶尔生长的雀斑和青春痘；对于有的人，试着擦上那一层层的滋润吧，盖上你不开心的表情纹和扰人的小瑕疵。我们都试试换一个风格，不要生硬地用"这不是我的风格"或者"我不适合这种路子"来否定自己变得不同和出色的可能性。没有试过，你怎么知道你不适合？你就是知道？少扯了！墨守成规往往是因为恐惧和不安，所以，宁可拒绝变得更好的可能，愚蠢地认为起码保住了不会变得更糟的现状。

　　以为拒绝尝试意味着你了解自己吗？发现了最适合的风格、所以就可以终止尝试了吗？有人说，在碰到你真正爱的人之前，你一直都以为自己已经找到了人生的真爱。且不论在爱情上，这个理论是否适用，在生命终结之前，谁能够说：哪一种妆容、哪一种服饰、什么样的生活或者哪一个人是自己的"最好"的选择呢？排除那些法律上道德上我们不能越界尝试的"新鲜"，就试试吧！好吗？

　　试了之后，不喜欢？

　　换了，再试别的。

绘画:Sophia Gui

请坚持你的底线

当梦想照进现实，
你有可能找到自己，
也有可能迷失自己

我让步让步再让步，放弃放弃再放弃，这下子，总可以了吧？

当然不可以。

大部分人都会习惯性地得寸进尺。

那个网上传遍了的鸡蛋的故事怎么说的来着？甲乙两个人一直一

起吃早饭，甲不喜欢吃鸡蛋，而乙喜欢。于是，每次，甲都把自己的鸡蛋给乙吃。后来，丙加入了甲乙的队伍。甲就开始把鸡蛋给丙吃了。乙对二人均大怒：你们凭什么分配我的鸡蛋！岂有此理？习惯成自然罢了。

习惯不等于舒服

摄影：Sophia Gui

你真正拥有的，不过时间而已。

我跟他在一起都三年了，该磨合的都磨合了，就这样吧！

换男朋友？再找一个也差不多，还得重新再来，麻烦！

哎，也没有什么特别的感觉，就是习惯了。

习惯了是吧！

有多少人是因为习惯还在坚持着自己的选择呢？你习惯了，但是，你舒服吗？在你因为习惯懒得改变的时候、你在意自己舒服不舒服吗？究竟是习惯重要、还是舒服重要呢？

习惯并没有错。

其实，我们的心灵和肉体一样，都有某种缺失。老人家说，缺什么，吃什么。肉体是这样，心灵也是这样。缺什么，就会努力寻找什么。在两个人的相处过程中，大家也都在寻找自己想要的那个缺失，越是自己没有的，越是强烈地想要从对方身上获得。得不到，就会失望，就会不满，就会争吵。但是，在一次一次失望、不满、争吵之后，我们每个人却也在慢慢地习惯着这种模式，虽然并非是我们最初想要获得的一切，但我们还是随着时间的推移，适应或者自以为适应了这种模式。

《时间都去哪儿了？》为什么那么火？因为我们感同身受。你真正拥有的，不过时间而已。而且，时间，是世界上你唯一无法创造的东西。没有什么比时间的流逝更让人感觉害怕的了，因为，对此，我们无能为力。世界上没有任何一样东西，可以如此强大，如此不留余地，面对时间，我们除了服从和顺从别无他法。当时间消逝后，剩下便是我们对时间的服从：习惯。时间不在，习惯还在。放弃了这种习惯，需要巨大的勇气，因为放弃这种习惯，你会觉得自己背叛了时间。花了那么多时间和他在一起，好不容易磨合得不再吵架，已经习惯了，虽然有时候会不舒服，可是，如果就这样分开，过去那些时间不是都白白浪费了吗？

所以，你不敢。

尽管，你不舒服。

你不是不爱他，只是，他没有让你满足、你对他不满意。和他在一起，你不舒服。这就好像你买了一件衣服，你很喜欢，穿上也许也很好看。但是，你就是不满意、你就是不舒服。某个男人，你很喜欢，甚至很爱，他对你很好，但是，你就是不满意、就是不舒服。除非你能够调整你的满意度标准，否则，我建议，别跟他结婚。因为，在一个不满意的基础上，你只会发现自己越来越多越来越强烈的不满意。如果你现在不舒服，你不要指望自己会随着时间的推移，慢慢舒服起来。时间会让你习惯，但是绝对不会让你舒服。

你想要过什么样的生活呢？

二十岁的你可能想要光鲜亮丽的生活，但是，慢慢地，你会发现，你想要的，是舒服的生活。什么是舒服？就是，你感觉自在、感觉舒适。简单地说，你不累。每个人累的标准、舒服的标准都不一样，就跟穿鞋一样，好看不好看别人会评价，但是大小合不合适、舒服不舒服，只有你自己知道。穿习惯了、茧子都磨出来了，就一直穿下去吗？为什么？因为新鞋更磨脚？你怎么知道？你找了一个人，他没有让你离你的梦想近一些、没有让你过得更加舒服更加开心，反而，让你离你的梦想越来越远、让你不舒服，那么，你是要放弃你的梦想呢？还是放弃他呢？你是要牺牲自己的舒服呢？还是牺牲你的习惯呢？

　　你真的想跟他过一辈子，还是放不下那根鸡肋呢？

妈妈的话

摄影：Sophia Gui

人，要学会享受每一次痛苦和悲伤。

　　这是一个 39 岁的年轻妈妈写给自己 15 岁女儿的 note：

　　我最最亲爱的宝贝儿，不敢想象你已经 15 岁，Gosh，你都不知道，看着你从那么那么丑的一个小怪物变成现在的窈窕淑女，我都不知道时间是可怕的巫婆儿还是神奇的魔术师。Anyway，你长大了，因为，你会开始在夜里哭了。

　　生你的时候，妈妈才 23 岁，如果，不是姥姥姥爷的原因，这个世界上哪里有你的存在。我一直是怪他们的，直到看到你越来越像我，眉毛眼睛鼻子嘴巴，怎么竟然有一个生物可以和另一个生物长得那么像？我已经很好看了，你居然也那么好看。

　　说正经的吧，你的小男友够帅的啊！不过，看你的状态，应该是前男友了吧！真好啊，还可以谈恋爱再失恋再谈恋爱再失恋。因为，you have got nothing to lose because you get plenty of time，明白吗？我最亲爱的宝贝儿，你还有大把的时间，所以，你什么不需要担心。去尝试吧！想哭，你就往死里哭；开心吗，你就大声地笑。不要伪装，不要隐藏，不要扮可爱或者扮乖乖。每一次，你都会以为自己喜欢得不得了，可是，最后你会发现，其实每一个你都喜欢得不得了，哈哈，很无聊吧！娘娘我这属于善意的剧透。我不是让你不珍惜或者随便谈谈，你觉得喜欢，就使劲儿喜欢。但是，万一不喜欢了，或者人家不喜欢你了，你也别太想不开，虽然说这个有点儿早，但是，三条腿儿的猪不好找，两条腿的帅哥真的满大街都是。再说，我们那会儿，还女的多，现在，都是男的多。娘娘我班上学生都是你的后备力量，一个团应该没有，但是，一个营的阵势还是不成问题的。

正经啊，要正经！呵呵！我的宝贝儿，记住下面的原则：

任何一段关系，开始时要诚实地面对自己的感受和对方的优缺点，中间相处时要认真地对待自己的付出和对方的心意，结束时要坚定地对待已经做好的决定和对对方的判断。

就这些。

希望你享受每一次幸福和快乐，也享受每一次痛苦和绝望。能坦然面对这两种情感，你，一定活得很好。

你把我当什么?

摄影:Sophia Gui

如果你问我有多么爱你,
我便将回答:爱你有一个期限
直到灵魂腐烂……

你把我当成什么?

我就把你当成什么。

你当我是人? 那我就给你人类应得的尊重和礼貌。

你把我当成哥们儿? 那我就给你哥们儿的支持和偶尔重色轻友

的忽略。

　　你把我当宝贝儿？那我就给你把我当成宝贝儿的大宝贝儿的特权爱你疼你跟你撒娇。

　　你把我当成什么，我就会怎样对待你。

致原配

摄影：Sophia Gui

你本年轻，

却在对方的心里已然衰老……

　　中国文化中的原配，似乎要么超级贤惠、要么超级愚钝、要么超级事儿妈、要么超级可怕。总之，极致化，好像是中国文化，至少是许多体现中国文化的艺术作品中的管用模式。当然，这并非不可理解，艺术是要源于生活而高于生活的，对吧？如果艺术作品跟生活一个调调，大家干脆直接回家小甜蜜或者吵架好了，谁还会坐在这里看书呢？

　　但是，我们都必须知道，文学作品是文学作品，生活是生活。区别？文学作品中的人是纯粹的——无论好坏，都可以纯粹而极致；生活中的人是综合复杂的——无论好坏，或者说，都是好坏兼而有之的混合体，以至于很难让我们用简单的"好人""坏人"来界定。当然，这也是为什么电影电视剧小说让我们着迷，因为我们可以钟情于某人，也可以对某人恨得牙根痒痒。在那些形式中，我们过瘾，超级过瘾。好的就是好的，坏的就是坏的。比如，原配一定是好的，第三者都是坏的。或者在新兴的作品中，原配都是坏的，第三者都是好的。无论怎样，简单。简单就是好的，对吧！美学如是说。

　　生活竟让人产生许多无奈，就是因为生活中，纯粹极致的东西太少，混合复杂的因素太多。比如原配。

　　原配听起来就有一丝丝衰老的味道，而大部分原配的主要问题也的确是衰老。哦，不一定是年龄的衰老，许多遭遇原配危机的原配们都年轻貌美，但是，却在对方心中已然衰老。男人和女人真心不是一样的物种，我们只不过碰巧划分在"人"这一个大的生物类型之下。许多原配都难过的发现，所谓的"情敌""第三者"并非比自己更加年轻貌美，于是心生愤怒、瞬间暴怒，却不想，这些情绪却肯定了自己在对方心中的衰老度。我一个哥们儿有一句非常经典的结论：变心的男人真可怕。

作为一个女人，自己变过心，也遭遇过男人的变心，我五体投地地同意我哥们儿的结论。女人的变心，往往陪伴着内疚、不安、不舍、怀疑、犹豫、斗争、自我否定、否定别人甚至世界、向往、担心等等复杂的情绪，可是，这就是我们，这就是女人。虽然据说双子可以决绝摩羯可以果敢，但是，不论什么星座，我们都是女人。生理使然。我们拥有着复杂且多变的情绪和感情。但是，我碰到过的听到过的读到过的看到过的变心的男人，却几乎都拥有一个共同的特征：可怕。变心之前的他是一个人，变心之后的他，是另一个人。可怕不是变心本身，而是整个人居然可以彻头彻尾地发生翻天覆地的变化，变化之大、变化之快让人措手不及。尤其，让原配们措手不及。昨天，也许他还拉着原配的手去看电影，第二天，他就可以提出离婚，然后离开。没有犹豫、没有迟疑、没有复杂的感情。事情就是这样，希望我们可以解决。这就是男人。

所以，无论你即将成为某个男人的原配，还是依然是某个男人的原配，或者曾经是某个男人的原配，还是离职正在踏上成为另一个男人的原配的路上，你都需要清楚地知道，作为原配应该遵循的守则，开心幸福的生存守则。

首先，原配也是女人。你首先要做一个女人。什么是女人？温柔、可爱、美丽、懂事。想说我支持男权社会吗？这不是我支不支持的问题。你可以撒娇可以耍赖，坦率地说，我本人就擅长于此。但是，撒娇不意味着胡搅蛮缠、耍赖不意味着不明事理。只有在知书达理的基础上，撒娇和耍赖才会在对比之下显得可爱无比。你被侵犯的时候，你可以生气，但是，不一定要大吵大嚷，如果女人需要吵闹才能把我们这个物种延续到今天，我们应该有河马一样的腮帮子或者狮子一样的大脑袋。我们经过那么多年的进化，变成了今天这样的两只眼睛高高在上、一个小嘴巴嵌在底下，一定有生物进化的道理。所以，我们的生理构造就不是为了吵闹而设计的。当然，我们纤细的四肢也明显地证明我们不是被进化成和男人进行搏斗的。女人有女人存在的方式和解决问题的方式，任何时候，都不要忘了，我们是女人。这个身份不在，原配的身份，自然也不在。

　　其次，原配要懂得变化。配，搭配合适之意。于千万人之中遇到你、选择你，那个男人曾经多么爱你！但是，怎么就变了呢？哭是没有用的。牢骚也没有用。没有必要呼天抢地：这么多年，我那么爱他，他怎么可以不爱我？ come on，不爱就是不爱了。没有必要反问：那么多年，我都嫌他烦，他怎么就烦我了呢？男人女人本来就不一样，天天逛街没见你烦，让你老公每天逛街，每天跟同样的闺蜜聊天儿，试试他受得了吗？这就是性别差异。不是你的老公这样，是这个群体就是这样。事实上，很多女人也这样。你喜欢逛街，可是，你受得了周一到周六每天都去新世界？连着六天不换地方？你不烦吗？哦，我是受不了的。你也够呛，对吧！所以，曾经那么配，是福气，所以成了夫妻。

但是，只是原来般配而已，当世界在变化，四季在更替，你的男人也在每天进步或者退步的时候，你也要跟着与"夫"俱进。夫唱妇随也可以有这个意思吧！无论是哪个人在变化，或者在朝着哪个方向变化，另一个如果不能随时发生变化，至少发生心理上的跟随性变化，那么，彼此成为原配只是早晚的事情。变，才是王道。亲爱的，不要相信，以不变应万变的老掉牙，不是说它没有道理，只是，那只适用于你没有任何对策的情况下的暂时观望。你总不能一直观望。不要以为原配只要会做饭打扫房间就可以，不要以为第三者只要会上床就可以，男人，需要的既不是一个保姆也不是一个应召女。男人，需要的，是在不同环境和心境下，呈现出不同状态的女人。这也许是为什么，很多男人，还是愿意回家吃原配做的饭，却接着上第三者的床。如果，你可以适应不同的状况，呈现出多变的状态，你就满足了你的男人的所有需求了，不是吗？

第三，原配要试着放弃自己的原配优越感。你觉得你成功钓得金龟婿或者你躬身下嫁他？要知道，无论哪一种情绪，都会让你形成一种潜在的原配优越感。你认为，你完成了人生征途中里程碑的一步，你可以高枕无忧了，你可以尽享平和安定了。No, no, no! 万里长征刚刚开始，baby。一旦你有了这种优越感，你就会开始忘记自己是个女人，你不再梳洗打扮之后才跟这个男人出门，只不过因为他以前是你男朋友今天是你老公？你升级了他的身份，反而放弃了在意自己？你不再事事温柔服从，也开始心情不好，跟他发飙，还期待他像从前一样哄你逗你认错低头？他升级了你的身份，给了你名分和一场你满意的婚礼，在他看来，你应该开始满足他了。

两个人的期待开始有所不同，却又惊人的相似。大家都不似从前般积极和殷勤，男人是觉得自己赢得了战利品，女人则是以为自己戴上了保险栓。可是，问题是，我们是不同的物种。男人赢得了战利品之后，回到精彩的世界，很多人会想要赢得更多的战利品。一些人虽然不再想要赢得战利品，但是，架不住许多战利品想要被他们赢。而女人，在领到了小红本以后，心理上从某种程度上，就关闭了。我们对其他的男人，已经关闭了那扇本来就不大的小窗户。从这个意义上，男人和女人已经不在同一个世界里了。换一个清楚点的比喻：成为彼此的原配之后，男人这栋建筑，关上了他的大门，窗户、无数个窗户还开着，因为他们需要空气；成为彼此的原配之后，女人这栋建筑，关上仅有的唯一一个通风口——一扇本来就不大的窗户，从此，几乎与世隔绝。这种选择与其说是后天的，倒不如说是先天的。虽然，个人的选择、控制力、素质、责任心等等都会影响这栋建筑窗户的多少和关闭打开的状况，但是，有一些生理的先天因素是我们很难抗拒的。所以，女原配们想要留着"配"字，而不让"原"字降临到自己身上，要试着放弃你的优越感。

他还是当初吸引你，让你着迷和崇拜的那个男人，而且，他决定把结婚戒指戴到你的手上，他愿意——至少曾经在那个瞬间愿意和你白头偕老。面对这样一个男人，你为什么不能对他温柔体贴关心备至呢？面对这样一个男人，你为什么不能知书达理乖巧懂事呢？你不只是一个女人，你是他选择要共度一生的女人，不要给他理由后悔自己曾经的选择。郭敬明的《小时代》里有一个拽到家了的姑娘，叫顾里。她说过一句很拽却很有道理的话：你把你的男人当成儿子，就别怪他给你带个儿媳妇儿回家。你把你的老公当成什么，你就会得到什么。如果将他呼来喝去是你的习惯，那么，总有一天，他会剥夺你所有呼来喝去的权利。且不说人与人的尊重和爱是相互的，男人，这个生理上被设计成进化成更强大的物种，很多时候，比女人，更需要一种我们误以为叫做"面子"的东西，其实，于他们而言，那不是面子，是实打实的尊重。

最后，让很多特别"配"的原配真的变成了"原"，大都不是因为所谓的第三者，而是，因为原配们缺乏危机应对意识和手段。当然，这对谁都并非易事。不过，就是因为不是易事，才能体现出我们的能力和素质，不是吗？没有哪段感情或者婚姻会因为第三个人的从天而降，就立刻告一段落。一见钟情的确不罕见，但是，要为了一见钟情结束一段婚姻，就另当别论了。且不说麻烦与否，男人也不是傻子，他不会因为看到一个姑娘长得好看就立刻放弃家里的媳妇儿娶另一个。话说，如果长相是他择偶的标准，您也不见得就千里挑一吧?! 当初不也让他神魂颠倒。所以，如果你的相公对另一个姑娘有了好感，不要直接暴跳如雷，或者直接把你的相公贬低成世界上最低级的动物。他对别人有好感，一定有他的理由。这个理由不一定合理，甚至可能荒谬，但是，他一定有他的理由。

这个世界上，每个人都在做自己认为对的事情，如果心知肚明自己错的，谁愚蠢到一错到底呢? 所以，不要、尤其不要在事情刚刚露出端倪的时候，让自己看起来像一个泼妇。是的，男人最最受不了的一件事情，就是自己的女人像泼妇一样。理论上，你泼妇的程度越高，你变成"原"配的几率就越高。你的泼妇行为只会让他厌恶你，虽然不见得会让他投入另一个女人的怀抱，但是，你的怀抱，他是一定会敬而远之的。想想看，如果他外面没事儿，你还神经病似的每天叨叨叨得没完没了，就好像他要是不搞出点儿什么事儿来就对不起你的怀疑似的，你说，这不是自找苦吃吗?

男人是非语言类的动物，所以，太多的语言，本身就会让他们恐惧和不安。好不容易熬过了"谈"恋爱，现在还要听你叨叨叨，心里会有本能的反抗。所以，人家没事儿，被你疑神疑鬼，你破坏了两个人的信任不说，也降低了你在他心中的地位。信任这种东西，一旦破坏了，很难修复。虽然我是革命乐观主义者，相信破镜可以重圆、大不了上面重新镶一块，但是，信任，是一种莫名其妙的感觉，来的时候汹涌澎拜，离开的时候悄无声息，居无定所，所以，无从寻找。

当你不再相信他，从某种程度上，你们的关系，已经结束了。倘若他真的没事儿，你不是没事儿找事儿吗！所以，冷静，一定要冷静。话说，如果他真的有事儿，你在手机上 QQ 上找到了确凿的证据——虽然理论上没有捉奸在床都不算证据——也不要歇斯底里大吵大闹。因为没有意义。你可以让他睡客厅，如果你觉得他恶心。但是，你没有必要用最恶毒的语言，告诉他，你觉得他有多恶心。别忘了，你虽然是女人，更擅长说话，却不见得是语言的最佳操纵者，在愤怒和无理智的状态下，你的言语可能比原子弹还可怕。而对方在意的自尊和颜面，都很可能被你摧毁。

你要知道，当一个人、一个男人失去了他认为自己不能失去的尊严的时候，在你面前，他就不再是个人了。而如果你用言语将一个人逼得不再是人，你还怎么期待他用人的方式对待你呢？泄愤重要吗？很重要、非常重要。一时间，你大脑充血，所有的负面情绪都

涌了上来。你不是没有脑子，你是放弃用你的脑子而决定先杀而快
之。可是，老公只有一个，杀了，然后呢？换一个？然后呢？再说，
如果你真的决定这个不要了，换一个，那你还生什么气、撒什么泼
呢？搞女人是他犯贱，你撒泼就是你没素质。他没素质在先，所以，
你就可以放肆？那你也去做一样的事情呗？做不出来？那不就结了。

　　人和人不一样，不要用他的错误，把自己变成一个自己事后都会
讨厌的人。做原配不丢人、更不可怕，失去了本性里的信任、善良、
可爱，才是最可怕的。如果他真的是那么可恶的一个人，为自己争
取最大的利益，然后，安静地离开。便宜他了？不会的，亲爱的。
你大吵大闹才是便宜他了。他会觉得，你这样的泼妇没有哪个男人
受得了，所以，出轨反而不是他的错了。人都需要一个理由让自己
活下去，你的不理智和冲动只会让他有充分的理由宽慰自己。冷静。
一定要冷静。决定继续和他生活，冷静。决定和他一刀两断，更要
冷静。你不是放他一马，是放自己一马。无法冷静？那就离开。回
到你自己的房间、你自己的空间，抱着你自己的靠垫儿或者毛绒玩
具，闻着你自己的味道，给自己时间，让自己做自己的决定，而不
是被他的愚蠢或者背叛牵着鼻子走。你认为自己在这一分钟无法接
受的事情，下一分钟，也许就会变得可以接受了。We never know。

　　有一天，我们都会为人妻，都会碰到这样或者那样的问题，但

是，无论我们在哪个位置上，跟哪个人在一起，我们都首先是我们自己，我们都是女人。我们不一定长得漂亮，但是要收拾得得体而美丽；我们不一定出口成章，但是可以通情达理；我们不一定妩媚娇艳，但是温柔可爱永远是所有女人最本质的内在。做自己，独立乐观点的自己、冷静豁达的自己。身边的那个男人，是你曾经的选择，要么，你继续选择他，那就相信他；要么，你选择放弃他，那就让他走。

　　人活得辛苦，不是因为有了第三者或者别的什么，人活得辛苦，是因为，总是没有办法让自己纯粹地享受自己的任何一个选择，总是在选择了之后，开始感叹彼此的好。顾此反而失彼。冷静做出你的选择，然后忠于你的选择，并且享受你的选择。

　　这才是原配的范儿。

性

摄影：Sophia Gui

祝你们性福。

这个也能说？

当然能。

而且，必须说。

这多重要啊！

床头打架床尾和，没听过啊？不知道什么意思？就是性可以解决夫妻之间大部分问题的意思啊！

呵呵。

许多女人似乎都认为性是一个不可谈的话题，于是，我们从小都生活在一个无性的世界。男同学从多大开始看各种"特殊影片"呢？初中？高中？最晚晚不过大学吧！但是，如果一群女生窝在一起看porn，好像就显得那么不成体统。长大了才知道，男生宿舍讨论的话题，大都跟性有关。才发现，女生宿舍讨论的所谓"让人脸红"的问题实在是小巫见大巫。

社会对于男人和女人在性的观点上似乎大大不同，虽然，很小的时候，我们都在有关性乃至性别的教育问题上遭到封杀，但是，男生还是可以肆无忌惮地在公共场合大小解，而女生则清楚地知道那样做是绝对不行的禁忌。随着年纪的增长，各种知识得到了普及，但是，由于获得知识的渠道不尽相同，我们对于性这门学科的了解也不尽相同。可悲的是，很多女人因此，连许多基本的知识都有所缺失。

一个好友在某医院的妇科工作，在她那儿，我曾经在无数次看到许多年轻稚嫩的脸庞，带着一点点恐惧和一点点"没有什么大不了"的表情。听她说，最无奈的是，很多"小孩子"完全不知道怀孕这件事情是如何形成的，更不要提流产究竟会对她们年轻的身体和心灵留下多少伤害。据说，她最开始在妇科工作时，还常常难过地抹眼泪，因为一个 17 岁的姑娘居然前脚儿刚刚做完手术，第二天出院就和同样 17 岁的男朋友再次嘿咻，结果，导致出血和并发症。可是，后来见得多了，她慢慢也就麻木了。根据她的说法，社会不宣传、父母不普及、医生说的话，这些所谓的"小孩子"们根本不往心里去。她见得最频繁的一个姑娘，只有 20 岁，却来过四回了。最后，对于一个年轻的妇产科医生，她说，剩下的，应该只有无奈了。她也不是没有试图和这些小女孩儿们聊过——虽然她们真的不小了，但是，从流产的角度看，她们实在太年轻——但是，大部分的孩子的态度都是：我男朋友不喜欢戴套套。好吧！

　　大家都有过"小"时候，从最开始的初尝禁果，到后来的轻车熟路。从一开始根本不知道什么叫做性安全，到后来，不知道什么叫性高潮。女人，在从女孩成长为成熟女人的道路上，一直在走弯路的就是性。有关如果和男朋友相处如何改善自己的心情鸡汤，比比皆是，但是，有关性知识性生活的书却鲜出现在畅销书或者推荐书的行列中。有几个人读过《金赛性学报告》？有谁知道 Fifty Shades？好一点儿的也许至少看过《男人这东西》，但是，里面对于性的问题的阐释，大部分也是从心理角度陈述展开。一个禁忌的设置，带来了无数人的知识的盲区。从基本的性常识，到必备的性安全，以及好用的性 tip，几乎都少有人涉及。这是一个女人们，乖乖地躲开的区域。可是，亲爱的们，无论是我们，或者是未来我们的孩子们，都不应该绕道而行，因为，性，对我们，很重要。

这不是教科书，我不准备也不具备专业的素养，把性常识性安全性技巧呈现，可是，我想说，我们可以找到这些资料，那是我们都需要掌握的知识。对于任何一个生理上成熟到可以有性生活的女人而言，安全问题永远都是首位的。我的一个华裔好友，从第一次跟我们讨论性的问题的时候，就表示，她的原则非常简单："no condom, no sex."

她说，这跟喜欢一个人或者不喜欢一个人没有关系。现在的社会不是过去，很多人一辈子只有性伴侣，大家都是肉体上的从一而终者。现在的社会，性，虽然仍然是表达爱意的一种方式，但是，我们不再有要求性的绝对专一。即使我很喜欢一个人，我也不见得能够了解他的所有性历史——当然，我也没有兴趣去了解。那么，问题就来了：我怎么保证他是安全的呢？没有人能保证，对吗？

这里不是危言耸听地说艾滋病携带者到处都是，各种各样的妇科疾病会因为各种各样的原因而造访。虽然也有避孕药，但是，显然我的华裔女友不准备在结婚之前使用。她说，自己倒不是不相信药片的效果或者担心所谓的 side-effect（副作用），只是，她更相信安全套的隔离作用。此外，如果一个男人真的在意你，他就不会努力说服你，避孕套这个东西让他多么不舒服或者胡扯一些他没有办法隔着一个橡胶体感受到真正的你之类的 bullshit（废话）。感情是相互的，尊重也是相互的。结了婚都不一定为对方守身如玉，更何况只是在交往阶段？我没有办法控制你监督你，我也不是不相信你，但是，who knows？每天碰到那么多人，每个人都有自己的优点和毛病，我只不过用我的方式，保护我自己不被别人的毛病侵袭。所以，你想和我亲热？OK，你要遵循我的规则。有趣的是，这么多年，她从来没有放弃过自己的规则，当然，她碰到的男人，貌似也没有一个因为她坚持自己的性原则而放弃她。

　　我也碰到过更多的女孩儿或者女人，因为男朋友或者老公的"苦苦哀求"而放弃这样的原则，之后，紧随着的是几个星期的担心，直到大姨妈造访。当然，并不是每个人都那么幸运，也有人最后不得不跟我的医生女友碰面，在冰冷的手术台上解决因为一时心软带来的严重问题。亲爱的们，性的欢愉，是你们两个都享受到了的，可是，手术台上，确实只有你一个人躺在那里。也许，他也会守在你的身边，可是，冰冷的手术刀也只会伸到你的身体里。一切顺利还好，如果留下什么后续的问题，他还会在你身边吗？就算他一直在，如果真的因为之前的流产，出现了影响生育的问题，你认为，你们的感情还会坚如磐石吗？觉得我危言耸听？你自己去妇科打听一下吧！再说，有些事情，发生的几率对于科学家们而言，可能有意义。对于我们，这些都抱着生儿育女的想法的女人来说，没有意思，那只是数字。就算只有 0.001%，一旦发生在你身上，就是 100%。当这件事情真的发生了，你的世界就只有你自己。

所以，请你在享受性生活或者满足男朋友的同时，保护好你自己。使用避孕套这件事情，与你是否信任他无关，与你是否爱他也无关。如果，你的他非要把这两件事情扯在一起，那么，你可以肯定地得出一个结论：就是，他一定更爱他自己。

轻松点儿，在安全的前提下，女人们，要学着创造性生活、享受性生活。

三里屯的酒吧里男女比例并不严重失调，但是，少有女人主动和男人搭讪。为什么？和性主动一样，这种陌生环境下的搭讪，会被社会人直接地划分为不正经或者不太正经的类别。可是，那是在那样的场合下。如果，你是和你的男朋友或者老公在一起，你大可撕掉自己"正经"的外衣，因为，没有人在性生活中喜欢或者享受一个正儿八经的伴侣。

女人为什么不能主动？女人是流动的水，是温柔的纱，是可以抚慰、舒缓男人的最佳药剂。网上流行的段子说"出门像贵妇，家中像主妇，床上像荡妇"，许多女人都嗤之以鼻。你尽可以嗤之以鼻，却不能代表这不是真的。女人对男人的定义来自于许多社会标杆，这些社会标杆中包括家庭教育、文学作品和对身边发生的事情的耳濡目染言传身教。女人也是如此。

那么，我们可以回顾一下我们已经活过了的一生中的有限的日子，我们女人一直接收到怎样的性信息呢？显然，在大部分家庭里，我们都没有见到过床上的妈妈，或者说，在许多孩子眼里——无论这个还是10岁还是40——我们都默认我们的父母一直生活在无性的状态。所以，家庭教育，0分。文学作品。大部分的文学作品，至少，作为小女孩儿能读到的文学作品，鲜有与性相关的。我记得最早读到的在我看来属于跟性有关点儿的书，还是席绢的言情小说，但是，也无非是云啊雨啊之类的字眼。后来看到的《白鹿原》已经算过分的了。

当然，电脑和手机的普及以及4G业务的风靡，从很大程度上改善了这个现状，但是，男同胞和女同胞使用网络的目的，显然大相径庭。而且，男同胞彼此交流，这为他们积累了更多的经验；而，纵然女闺蜜，也并非所有人都开诚布公，这样一来，就更限制了她们彼此耳濡目染言传身教的可能性。总结之后，我们不难发现，《失乐园》也许是男人必看的片子，女人们却很多都没有听说过。所以，因为性结合，在男人看来，并非不可理解；而女人，却会把对性的过分看重，当成是男人花心或者只会用下半身思考的表现而已。诚然，男女生理构造有别，使得我们对性有不同程度的需求和渴望。

在我看来，许多女人对于性的所谓"无所谓"，并非真的无所谓，而是，你远远没有体会过真正意义上的性能够带给你欢愉。而产生这个问题的根本原因，是女人整体上在心理角度对这个问题的回避和逃避。"谈性变色"仍然是很普遍的现象——尽管，我们已经走到了2014年。试想一下，一个男人，如果每次亲吻你，你都只看得见他的鼻毛；如果每次爱抚你，你都要无意识地躲开。那么，亲爱的，你还能跟他在一起吗？你想说，没关系，我只是不太习惯跟人这么亲近。相信我，亲爱的，不是你不习惯跟人这么亲近，是因为，你不习惯跟他——这个男人——这么亲近。因为，身体不撒谎。

女人要知道自己是有肉体和精神两部分构成的，真正的和谐是精神和肉体的和谐。太完美了吗？远远不是。和谐，不是说你要一个人100%的合适或者协调，我们的左脚和右脚都不是一样的大小，怎么可能和一个人完完全全地合上拍子呢？但是，我们不追求完完全全的合拍，不意味着我们放弃去尝试让我们更合拍，更不意味着我们可以接受完全无拍。

如果你是一个欲望很强烈的人，你就不适合一个清心寡欲的男人。反之亦然。我们都是有需求的人，但是，甲乙丙丁的需求强烈程度的确不同。如果你真的碰到了自己喜欢的人，你们在精神层面一拍即合，那么，请你尝试和他在肉体上也可以鸾凤和鸣。就算不能合奏出流畅的交响乐，至少也得是好听的民族歌曲。

如果完全是没有调调的不和谐之音，你真的要慎重地考虑这个问题。纵然你认为你可以在未来的一生的时间里，不让性非和谐成为你们夫妻的矛盾，你相信那个叫"男人"的物种也可以放弃他的性渴求吗？这不人道吧！幸运的是，这种极端的事情并不经常发生，大部分情况下，女人，拥有着超过你自己知道的能力的女人，可以很大程度上改善男女朋友之间或者夫妻之间的性生活和谐程度。具体的步骤我就不在这里贻笑大方了，作为女人，我们要知道，我们是柔软而滋润的生物，我们有着如水的本性和本能，我们可以采取主动去获得我们的幸福——主动不光是大学的时候主动地回答老师的问题和完成作业——主动是一种态度、是一种选择。

性生活中，如果你愿意更加积极更加主动，你会发现，你以前对性的了解和认知，实在少之又少。下一次有争执的时候，何不换一个发泄方式？不再皱着眉头或者大吵大嚷。下一次你知道自己理亏的时候，何不换一个认错的方式？不再低头装可怜或者掉几滴眼泪。

祝你们性福。

摄影：Sophia Gui

人越活越自私，越来越强势，
你觉得自己不是这样？

强势的女人

你很牛，很强势，那你干吗不自己制造精子和卵子，自己上天入地，自己和自己聊天儿，自己和自己 shopping 或者 movie？

女人，别那么强势。

为什么？

因为强势不会给你带来半点儿好处。

更不要做太强势的女人，因为那样，会让人窒息：both 男人 and 女人，尤其是男人。

有些姑娘不是真的强势，只是以为靠着自己的力量，一点儿一点儿地从无到有，慢慢累计起了自己的天下，于是，便一点儿一点儿有条不紊地形成了一套自己的逻辑和原则。在这个世界里，她是强大的，今天，她所取得的一切成绩便是最好的成果和证明。她的优秀让她对自己的原则和逻辑坚信不疑，或者说，她并非真的坚信她的逻辑和原则，只是，她坚信，是因为这些原则和逻辑，才让自己走到了今天。为了维护和巩固胜利的果实，她选择坚信自己的成功小世界里的原则和逻辑。这样的姑娘，看起来，独立自主有想法，勤劳勇敢能吃苦。她们通常没有娇生惯养的小毛病，也不经常撒泼耍赖小脾气。这样的姑娘一开始，是非常吸引人的。但是，一旦男人侵犯了这样的姑娘的小世界，她们就会顿时强势起来。她们不允许自己显得软弱和无能，因为，那样一来，她们就顿时觉得不安。

她坚持和你吃饭 AA 制或者上一顿你请、下一顿她请，她不需要你帮她拎行李或者扔垃圾，她喜欢你送的小东西但是总是拒绝特别贵重的礼物。这些都是因为，她需要这样做，才能维护她的那个独立强大的小世界，也才能维护那个独立强大的小自我。由于类似于恐惧或者担心之类的东西，随着时间的推移和了解的加深，男人会越来越发现，她们的强势，就好像，自己，并没有那么地被需要。

　　有些姑娘是打心眼儿里的强势。她们从小基本娇生惯养，颐指气使是她们生活中必不可少的一部分。对于这样的女人而言，她们的字典里没有服从或者屈服或者让步这样的字眼儿，从小到大，她们都是被糖水泡大的。被满足和被呵护是她们人生的必修课，被宠被爱是她们认为天经地义的自然状态。于是，她们想要吃 pizza，就一定是 double cheese 的厚底 pizza，spagetti 或者小意大利小薄 pizza 饼都是不合格的；她们想要看电影，就一定是侨福芳草地的有声震效果的小影院或者是 EMI 的大屏幕，窝在家里那叫"看片儿"，根本和看电影不是一回事儿。碰到这样的姑娘，一开始会让男人觉得相当刺激而且有品，因为她们对很多事情都是高标准严要求，不能迁就。品质生活，似乎是她们的基本款。但是，时间久了，这样的姑娘让人累，特别累。男人若是遂了她的心思还好，倘若是不能合她的意，这样的姑娘瞬间变身地主家的二小姐，霸道强势不讲理、嚼性磨叽牛角尖。无论事情的起因是什么，只要是她认定了男人错了，男人就必须低头认错负荆请罪。至于道歉能不能接受，完全要看二小姐的表情。跟这样的女人在一起，男人会越来越发现，自己越来越不需要她。

你觉得自己没有那么夸张？

也许，这只是两个极端的例子，但是，我只是想说，女人，不要太强势。无论你认为那只是你自强不息的表现，还是任何事情任何好对你而言都是天经地义，这世界始终是由男人和女人两个物种共同构成的。而这两个物种，又是截然不同的两种。

生理上，男人终究强于女人。（哦，不要拿百万宝贝或者神奇四侠或者阿凡达跟我说事儿）无论是造物主还是进化的作品，这是我们无法否认的一点。男人可以一个月天天喝冰啤酒，大不了就是挺了个啤酒肚，你一个女人试试每天冰凉的燕京纯生或者北冰洋试试？一个月？那几天不疼死你才怪！后果？几个月都会不舒服吧！这就是物竞天择，大自然的安排。所以，别跟大自然较劲。你胳膊细腿儿细，就不要逞能搬大米挪电视，你搞不明白家庭影院后面那一堆红线白线绿线各种线，就不要非得百度谷歌死乞白赖硬要自己搞定。

很多强势的姑娘都说，我强势，那是因为我不强势，没有人管我！看到蟑螂，我也想大哭大叫，哭完了，男人没有，蟑螂还在。怎么办！弄死丫的！踩死它拍死它烧死它！总之，你得自己解决！谁不希望可以小鸟依人，什么事儿说温柔撒个娇就可以解决，但是，没人给我解决啊！所以，大姐我自己来！你看，这就是骨子里的强势。吸引力法则听说过吧！你总是摆出一副天不怕地不怕的样子，谁会注意到你会想要别人呢？不要指望男人会察言观色细致入微到发觉你内心的小温柔小虚弱好吧！如果你温柔，那就温柔点儿；如果你虚弱，那就虚弱着。当你的身边有一个更强大的角色时，你可以试着卸掉你坚硬的外壳，让男人为你做一些事情。这不是放弃自己，这是各司其职。

当然，不强势也并不意味着弱势，或者永远委曲求全。女人可以专一、可以深情、可以执着，但是要珍惜你的付出，不是付出越多越好，任何时候，都要有自己的底线和原则。你要活出你自己的精彩。不要把当人当成你的天。付出的太多失去了自己反而让男人轻视你。自尊自爱、自立自强、自我完善、有张有弛，才能让自己的天空不下雨。就是下雨了，也至少还有一把小伞握在你的手里。该撒娇认输就撒娇认输，该坚持己见才坚持己见。柔中带着小小的坚强，更加让人尊重和疼爱，不是吗？

强势和强大，是不同的：你可以独立而强大，请不要霸道和强势；柔软和软弱是不同的：你可以柔软而贴心，请不要软弱和无能。放弃那份过分的强势，你会在镜子里发现自己别样的美。

不要试图逃离孤独

绘画：Sophia Gui

孤独的女人，最美。

我的 2011 年的日记本的封面，写着这样一句话：

Don't try to run away from your loneliness because the harder you tried, the more desperate you tend to be.

这是当年，我送给自己的话。大意是：不要试图躲避或者摆脱你的孤独，因为，你越是努力地尝试摆脱这种孤独，你就会发现自己越孤独。

现在，已经不记得当初为什么会送给自己那么深奥又有哲理的
话，现在看起来，对三年前的我还肃然起敬。经过时间的洗礼，你
会发现，孤独这件事情，果然是躲不过的。你能躲的，充其量是一
个人的独自。你可以找朋友打电话，让自己显得没有那么孤独，但
是，孤独是每一个成年人的必修课，只有过了这一关，人，才算真
正成人和长大。

跟男人相比，女人好像更害怕孤独。男人虽然也喜欢成群结队，
但是，他们也擅长独来独往。他们可以和哥们谈笑风生，也可以一
个人单枪匹马。基本上，一台游戏机，就可以让一个男人享受一天
的孤独。但是，女人则不然。从小学开始，女同学结伴上厕所就是
男同学永远无法领悟的痛："你上厕所吗？""都行。""我想去，你
跟我一起呗！""好吧！"如果这个对话发生在两个男同学之间，气
氛好像就变得诡异起来，大约，这就是性别差异在男女身上最初的
体现。

随着年龄的增长，女生之间的悄悄话越来越多，耳根子是亲密
女同学之间最常见的交流方式。但是，两个男生在一起聊天，则是
一定要爽朗开怀的。如果两个男同学在呢喃耳语……反正我没见过，

应该会感觉怪怪的吧！一个男生，用一只手遮住半张脸，在另一个男生的耳边嘀咕着什么。好吧，这是一副奇怪的画面。所以，女人，从小女孩儿开始，就养成了"陪伴"的习惯。最早是父母的陪伴，小学的时候，胡同的很多男生已经开始自己上学放学，但是，但凡家里是小姑娘的，都是一水儿的有家长接送。一直到四年级之后，女生才被和另一个楼层或者另一栋楼的女同学在一起，被允许没有父母陪同地独自上学。当然，这显然不是真正意义上的独自上学，但是，在父母看来，已经是孩子成长的一大步。也是从这个时候开始，女孩子们有了新的陪伴：小闺蜜。

每个女同学，身边都会有至少一个女同学，这个时候，我们还不叫彼此闺蜜，只是叫做好朋友。但是，我们一起上学、一起放学、一起吃零食、一起上厕所。这个好朋友不在的时候，一个人做什么都感觉怪怪的，于是，除了好朋友，还会尽量给自己找一个替补好朋友，以备不时之需。看起来，从很小的时候，避免和躲避孤独，就已经是我们的本能的选择。大了之后更是如此，到了大学，这种闺蜜的等级开始升级，不仅仅是上课下课一起，选修课的选择、图书馆的位置、逛街吃饭，甚至睡觉，都是几乎同步的，闺蜜这个词，也应运而生，闺蜜，乃闺中之密友，可一起做所有甜蜜美好之事。闺蜜不在，有的女生甚至干脆不去食堂吃饭了，理由是："一个人吃饭，好无聊。"

　　时光荏苒，大学毕业，大家劳燕分飞。虽然可以在单位里寻求新的好友，但是年龄的增长使得女人对于另一个女人的看法越来越固定化，从心底里接受另一个同性也不像小时候或者校园里那么简单而宽容。纵然有了新的好友，因为除了工作单位以外，没有太多的共同的经历，在分享的时候总是少了一丝丝的畅快淋漓。于是，工作之后的女人，对于寻找男朋友或者跟已然存在的男朋友将关系推进到更近的一步，就登上了日程。

　　简单地说，女人的一生，就是在寻找陪伴的一生，从一起上厕所的小伙伴到可以痛骂男朋友的大学闺蜜，再到我们身边的那个男人，我们都在寻找陪伴，都在尽可能地延长这个伴侣在我们生命中停留的时间，因为，这样的陪伴让我们觉得安全而安心。这种渴求，是人作为社会人的必然，也是女人生理和心理构造的使然。

　　但是，伴侣的陪伴和守候固然重要，一个人，总要有一个人独处的时候，也终究要学会和自己相处。当孤独来袭时，如果只是生拉硬拽一个人来陪着自己，很难保证，我们不会做出冲动或者错误的决定。一个人，一个女人，只有经过了孤独和寂寞，只有了解了一个人的白天和黑夜的滋味，才会了解自己，才会更加清楚地知道，自己需要的是什么。只有孤独，才能让你抛开喧闹的世界，听到自己的心跳。只有孤独，才能让你抛开旁人的奉承迎合，看清楚自己的模样。只有孤独，才能让你踏踏实实地读书写字，走进你独有的那个内在的世界。只有孤独，才能让你体会热闹背后所隐藏的种种虚实，享受属于自己的安详。在痛苦的孤独下做出的决定，往往是不理智的；在平和的孤独下做出的决定，往往是理智的；在快乐的孤独下做出的决定，往往是最真实的。如果一个女人因为躲避孤独，而让一个男人走进自己的世界，你很可能会因为另一种孤独，而离开他。因为，你的选择，并非是忠于自己的选择。

不要试图躲避孤独，拥抱它，接受它，享受它。

你会发现，孤独的舞者，更有魅力。

摄影：Sophia Gui

我爱你，就像雪花

爱上圣诞前夜

不在乎第二天清晨

人们把干净的脚印，放在上面

我爱你，就像寂寞

爱上月亮的光环

任由它把思念，折射得

太远太远

我爱你，就像快乐

不满足于永远

尽管在某一个终点，时光停歇

灵魂腐灭……

男人观：

男人，只是一种人。

男人只用下半身思考？

摄影：Sophia Gui

你爱我？胡说，纯属胡扯，
完全不靠谱！

男人是用下半身思考的？

Bullshit!

Nonsense!

纯属胡扯，完全不靠谱。

当女人们聚在一起讨论这个话题的时候，往往带着一脸的无可奈何和倦容，就好像自己受了多少"只用下半身思考"的生物的迫害一样。亲爱的宝贝们儿，当我们的智商偶尔起作用的时候，你真心觉得自己以前的所有男朋友、目前的男朋友、未来的男朋友或者老公都是用下半身选择的你吗？哦，你这是在讴歌自己还是侮辱自己？你有奥黛丽赫本之倾国倾城还是潘金莲之妩媚妖娆，才能让你的"只用下半身思考"的生物男人选择你并且留在你的身边啊？或者，你居然选择了一只"只用下半身思考"的生物？

不是吧！

所以，何必诋毁或者侮辱自己的选择呢？

男人真的是只用下半身思考？

首先，这个"只"字就值得研究。

世界上有多少事是"只"是这样的呢？大部分情况下当我们用这个字的时候，无非是强调我们的情绪、而非表达某个事实。所以，这个字本身就不具备客观说服力。

其次，男人和女人这两个定义本来就是在"人"这个大的范畴下定义的，所以，这两个不同的物种既具备"人"的共通性也具备各自的独特性。既然下半身是两个物种共同的生理特征，那么，自然，双方对此都会有共通的渴求。至于区别，无非是程度而已。

女人不用下半身思考？不是吧！也许我们以为我们不用，或者，在我知道的大部分 case 里，女人的下半身思考能力被大大地压制和压抑了。传统的教育、社会的舆论、家庭的晕染，女人似乎一直被教育要贤良淑德、夫唱妇随。本来心理学上就一直鼓吹女人是更情绪化的动物，所以，似乎女人除了情绪化就是理智化，再没有别的需求了。这样看来，很多女人指责男人"只用下半身思考"首先是一种反叛心理——我都没有把我的欲望放在第一位，凭什么你就心随下半身动？可是，亲爱的宝贝儿，谁让你不把自己的"下半身"欲望放在第一位或者第二位或者第三位的啊？选择男友的时候，高富帅也好、有责任感也好、孝顺也好、脾气好也好，是你自己列出了一二三然后遵循着自己的守则去选择的，对吧？如果这是女人选择男人的序列，为什么男人一定也要按照同样的序列来选择女人呢？我们本来就是不同的物种对吧！就算同是女人，也有人喜欢高大威猛的也有人喜欢接地气的，对吧？所以，男人自有他们选择的序列和标准。不论这个标准是什么、你是不是喜欢或者接受，这个就是他们的标准。

所以，就算，我说的就算男人真的是"只用下半身思考"，你大可不喜欢，只选择你喜欢的即可。你不能因为自己不吃辣椒就认为每天无辣不欢的人是有病的或者不正常的甚至对其指责有加。这是选择问题。这也是尊重问题。

第三，男人真的用下半身思考？还只用下半身思考？在逻辑推翻和男女有别理论推翻之后，我们再客观点儿看看这件事儿。

为了保证客观性，我还特别采访了 n 位男士，虽然采样数量不够大，但是，却坚定了我的想法。男人思考的部分里当然有下半身的部分——其实女人也有，只是用这样或者那样的原因掩饰住了而已——说得直白，叫用下半身思考，说得学术些，是生理需要。

一个男人见到女人，会心跳加速或者热血沸腾，都是这个原理。这是多巴胺的分泌。海伦费舍尔在《情种起源》里曾经对爱和性进行过区分。多巴胺被认为是性欲的来源，它的分泌会让人变得兴奋。而多巴胺的强化会引发睾丸急速的分泌，进而产生了性的欲望。鉴于生理的区别，男人和女人在多巴胺分泌上就有着本质的差异，所以，对性的欲望、或者说被下半身影响的程度自然会不同。这也解释了为什么对于 ONS（one night stand），男人比女人更容易接受。

但是，多巴胺是多巴胺，对男人而言，受了刺激之后得到释放，事情就结束了。但是，这个时候，如果垂体后叶催产素站出来，事情就会变得不一样。那个什么什么素？就是理论上对爱情产生的生理解释。由于男性会首先产生强烈的多巴胺分泌，所以，貌似他们更富于兽性——不过这是原始进化的需求和产物，对吧！之后，有些人会进而分泌强烈的垂体后叶催产素，有的则不会。相对而言，女性分泌的垂体后叶催产素在数量上还是比较惊人的，但这并不意味着男人不会分泌。我个人倒觉得，也许是女人在多巴胺上的缺失，导致垂体后叶催产素某种程度上的泛滥吧（纯属个人胡乱臆测）。Anyway，但是，虽然男人能够被多巴胺影响，却不会被多巴胺控制。为什么？因为，男人也是人啊？

　　所以，亲爱的宝贝儿们，我们可以茶余饭后唠叨男朋友损损老公，但是，不要再说这样的"男人都是只用下半身思考的动物"的话来侮辱自己和自己的另一半了好不好。这句话有太多的潜台词。难道你希望你的男人是一个没有下半身的男人吗？或者，你无奈地表达你对他的失望、甚至对男人这整个物种的失望，对你又有什么好处呢？且不说他们根本不是这样——也许的确有禽兽类最高级的个别现象，但是，你能碰到的几率实在微乎其微——就算他们的确很容易被下半身控制，那么，你决定怎么做呢？换个可爱的也更可以接受的说法：你想吃超级辣的火锅，可是你嫌辣，怎么办呢？

方案一：忍着，不吃。

方案二：忍着辣，吃。慢慢适应。最后享受。

方案三：唠叨着牢骚着埋怨着，自己烦别人也烦。

您从来没张嘴吃过，怎么就知道自己吃不惯或者不喜欢呢？

所以，对于男人以及他们的所谓的"毛病"，你也有几种选择。

方案一：忍着，不找。

方案二：忍着毛病，找，过。慢慢适应，慢慢磨合。最后享受。

方案三：唠叨着牢骚着埋怨着，自己烦别人也烦。

你选哪一个呢？

我们都不是完人，男人，其实，没有那么糟糕。再说，就算偶尔
用下半身思考了，也未必是什么坏事儿吧！

他爱的不是你

摄影：Sophia Gui

眼睛不大、皮肤不白、睫毛不长、
下巴不尖，是说左下角这货么？

你有一个很爱你的他吗？

你觉得因为你的出色和优秀，他才深深地不可自拔地爱上了你？
亲，你想多了。

是的，他是爱你，但是，从某种程度上，他爱的不是你，而是和
你在一起的时候，你带给他的那种感觉。通常，都是让他感觉自己

很好很棒的感觉。当然，其实，你也一样。你喜欢他，是因为和他在一起，你觉得自己更加聪明可爱更加温柔贴心。他的存在、他的陪伴，巩固了你对自己的定位和认可，明确了你相信自己很出色很优秀的想法。能够让你自我感觉良好的人，将是一个多么令人喜欢的人啊！只要他在你身边，你就会感觉自己好想拥有一种魔力，让你自己都无法抗拒。而由于他对你的肯定，他对你而言，愈发地显得不可代替。反之亦然。你的存在，让他感觉到了自己或者作为男人的强大、或者作为伴侣的忠诚、或者作为朋友的信任，你的言行举止，让他对自己有了更好的定位和评价，你的存在，是对他的存在的肯定和鼓励。于是，他感觉自己无法离开你、他爱上了你。

纯粹生理上的吸引，之前我们已经讨论过。任何生理分泌都只能是暂时的。让一段关系持久与天长的因素很多，而"带给对方认同感"是其中非常重要却又非常容易实现的一点。

朋友圈里有一个小朋友，二十岁刚刚出头，山东女孩儿。按照我以前的美丽标准，她绝对不美丽：眼睛不大、皮肤不白、睫毛不长、下巴不尖。个头儿倒是可以，但是充其量算得上是瘦弱，离丰乳肥臀的诱惑，差得不是一星半点儿。但是，这小朋友，有一个优点，就是特别相信她男朋友。她的男朋友J是我的朋友，刚满三十，虽然我们并没觉得他有多成熟，但是，也是个稳重贴心的男人。虽然算不上事业有成，但是专业很好，人也聪明，情商很高却待人真诚不虚伪客套。交了这个小朋友之后，J变得非常爱笑，总是笑盈盈的，牙齿大部分时间都曝露在空气里。开始我们还不理解，以为是成年牛吃小嫩草的嘚瑟，后来，跟他们几次在一起活动，才理解他的笑，其实是越来越欣赏自己的发自内心的开心和满足。每次点菜，都是J做主，小女友也会看着菜单，看到不熟悉的，就问J这是什么那是什么，这本来是再稀松平常不过的情节，但是，每次J介绍完毕，小女友都会特别自然地说：“哦，原来是这样！那应该很好吃吧！”J就接着滔滔不绝，解释这道菜这家餐厅做的一般、另一家餐厅才地道。小女友就带着满心满眼满脸的虚心和崇拜听J说那些配料火候之类的废话，好像J是百家讲坛里的名家，句句箴言不容错过。最后，小女友总说：“哎呀，太多了，我也不知道，你决定吧！”这时候，J就会特别开心地把牙齿曝露在空气里，刷刷刷地顺溜地点好要吃的菜，再自作主张给小女友点喝的。动筷子之后，每吃一道菜，小女友都会露出特别真诚的笑容和满意的神态：“这个好好吃啊！”

一开始吧，我们也觉得有点儿假，可是，仔细观察，发现这个小朋友的确就这样，J不在的时候，她也是这样。听我们说话的时候，她也总是全神贯注虚心倾听，弄得我们好像是偶像似得。后来，我们又想，估计这小朋友家里条件一般，没有见过外面的花花世界，所以，看到什么听到什么都是新鲜的。可是，有一次去她在北京租的房子里玩，才发现小朋友家里还有一台斯坦威的全尺寸大三角，墙上的各种照片证明女主人至少去过超过二十个不同的国家，足迹踏遍亚非拉欧。看到全家福的照片，问她父母的工作，才知道小朋友家境殷实，虽然离富二代还有进步的空间，但是，川鲁淮扬越必定是吃遍了的。最后，我们得出结论：这个小朋友，真心实意就是这样的人。这样一来，我们反而更喜欢她了。自然，也理解了J牙齿一直曝露的理由，跟这样一个姑娘在一起，J始终觉得自己是个能干的值得依赖的有主意的大男人，这种感觉对于任何一个男人，应该都是一种诱惑。她不懂的事情，他都懂；她不会的活计，他都会；她搞不定的难题，他轻而易举地解决。她永远相信他、依赖他、尊重他、仰仗他，这种无条件的信任，对于任何男人，都是一种鼓励，鼓励他们变得更强、更大、更好、更离不开你。

我们相信小女友并非刻意后天修炼，才有的这一身让人自我感觉良好的功夫，因为实在是太自然太亲切。她就是让你由衷地相信，从你的话里，她能得到许多信息、学到许多东西，你给她提供的是非常有价值的值得她倾听的东西。这样一来，每每跟她说话，我们几个姐姐辈儿的反而要注意些，免得破坏了自己在小朋友心中的光辉形象。你看，就这样，无形地，她让我们更愿意积极主动地学习，一边传递给她更有价值的信息。对女人尚且如此，他的男人，该感觉如何良好、又如何愿意为她变得更好呢？所以，女人，不需要粉饰太多或者考究太多，只要，让跟你一起的那个人，感觉到，他是一个优秀和出色的人。对他而言，这比每天拽着他拉着他、告诉他你有多爱他，要有意义的多得多。因为，没有谁，会拒绝一个让自己感觉如此良好的人。

可是，这样一来，他还是爱我的吗？他是不是只是痴迷于跟我在一起我让他产生的良好自我感觉呢？生活中，很多人都说不知道爱是什么、不知道对方爱不爱自己、自己爱不爱对方，既然搞不清楚，那就别知道、也别搞清楚了。不要纠结于一个概念，感觉想要拥抱就去拥抱、感觉想要亲吻就去亲吻，不要一直追问：他爱我吗？我爱他吗？爱的定义实在因人而异，何必拘泥一个"爱"字？你喜欢和他在一起的感觉吗？喜欢？OK，很好。那么，就让他也喜欢和你在一起的感觉，让他和你在一起的时候感觉到一个更加良好的自我，让他感觉到自己是重要的优秀的，而且还有更加优秀更加出色的可能性，他，怎么会舍得离开你？

他只是不想跟你结婚

摄影：Sophia Gui

当一个人找出千百种理由去推卸，
只因不爱或者爱得不够深。

看着身边的朋友一个个变成"已婚妇女"，你一边笑称"自己还是未婚的姑娘"，一边心急如焚，不知道相处了两年或者三年的男朋友究竟是什么意思吧。

貌似身边有一个很奇怪却又非常普遍的现象：认识一年左右的朋友纷纷结婚，认识并相处三年以上的情侣们则毫无动静或者悄然分手，然后跟另一个认识并没有那么久的现任结婚。他以前不是跟你说：他没有做好准备，他不知道你们是不是适合一起生活吗？虽然你们一起吃喝拉撒，见父母见朋友好像跟婚姻生活没有什么区别，但是，作为姑娘，一个还有点儿骄傲的姑娘，总不能跟他求婚吧。

姑娘，听我说，谁求婚一点儿也不重要——当然，我眼里的纯爷们儿是绝对不会让自己的女朋友抢了这个先机的——问题是，他不求婚是在策划浪漫的求婚仪式，还是根本没有和你结婚的打算？如果是前者，你大可推波助澜，若是后者，我劝你趁早撤退。

世界上许多事情，的确需要准别，需要复杂的准备。但是，结婚这件事情，不需要。如果一定要说结婚需要什么必要条件的话，那就是一个想娶，一个愿嫁。其它的，也许是问题，但绝对不是理由。所以，如果，你的那个他在你无数次表达无数次暗示无数次提醒之后，仍然打着不想结婚的旗号，相信我，他不是不想结婚，他，只是，不想和你结婚。

所以，亲爱的姑娘，这个时候，你愿意带着你的嫁妆，涂好你艳丽的口红，挺胸抬头地离开他吗？

请你，这样做。

摄影：Sophia Gui

百依百顺的，听我的，你走吧。

爷们儿

懦弱男：生平最讨厌的一个物种。

唯唯诺诺胆小怕事说话声音不大一紧张就变声儿 pitch 倍儿高有点儿像李莲英大人，哎呀我的妈啊，真心受不了。

其实，大部分女人都有这个毛病，受不了男人像女人、或者不像男人。俗话里说一个男人是真男人，会说"真爷们儿"，既然会这样说，就意味着有些男人不够爷们儿。虽然不爷们儿不一定意味着娘们儿，但是，缺少了强大的雄性激素，总会让人感觉怪怪的。就像男人都期待女人温柔可人一样，女人对男人也有一个最基本的期待：像个爷们儿。

大学时，一屋子女生夜里没事儿干，就讨论自己想找个什么样的男朋友，当时，六个专业的六个不同的怀春少女，海空天空地瞎想遐想幻想乱想，但是，最后发现，我们都喜欢有点儿大男子主义的男人——当然，当时的我们美化了大男子主义这个概念——说的简单点儿：我们喜欢爷们儿。

什么是爷们儿？

我们期待的爷们儿是一种气势。上楼搬东西的时候，爷们说：我来拿！上楼上不动的时候，爷们儿说：我抱你！天冷打冷战的时候：爷们儿，直接搂住你。先不说我们的期待是不是合理，但是，每个女人心里，都是这样期待的。生活中，许多女人都喜欢收到礼物。其实，女人要的不是礼物，而是自己愿望的被满足。在每个女人的心里，都有一个自己喜欢的爷们儿，这个爷们儿拥有强大的力量、拥有满足自己所有愿望的力量。而买礼物，不过是女人心里的爷们儿展现自己爷们儿气质的一种方式而已。不是弱弱地问：你想要什么？而是，特别爷们儿地买来一件衣服一条裙子，然后爷们儿地说：送给你！你穿肯定好看！无论好看不好看，在他霸道的一瞬间，小女人们都会幸福地死掉。

女人长大一点儿之后，不再那么幼稚单纯，但是，每个女人心底都永远住着一个永远长不大的小女人，也永远期待一个爷们儿的霸道和强势会将自己融化。爷们儿不是不尊重女人，而是，总是在那个合适的瞬间，展现自己的力量和勇气，让女人觉得安全而安心。在霸道展现的瞬间，男人才为之男人、女人也才为之女人。

所以，如果你是一个女人，你要想想看，如何才能让你身边的男人更加爷们儿。不够爷们儿不一定全然都是他的问题。如果你是一个女汉子，你的表现形式是你什么都不缺，你什么都能一个人搞定，你的男人怎么有机会展现自己的爷们儿气势呢？就像两块磁铁，正负两极才会互相吸引。您自己要是都雌雄同体了，对方可不就无所适从！做女人，尤其是喜欢纯爷们儿的女人，不妨让自己更女人一点儿，更娘子气十足一点儿，你也许会发现身边的他比你想象得要强大。示弱不丢人，亲爱的姑娘们。

所以，如果你是一个男人，请你不要以为百依百顺是你的优势，且不说百依百顺会滋生女人的得寸进尺的本质，当你百依百顺时，你就从某种意义上失去了你的爷们儿气质。就算你温柔体贴，也总是少了那一份霸气和味道。而那，才是你身上最原始也最有魅力的部分。

男人，就爷们儿一点儿。就像女人，也该有个女人样儿。

要想多一点儿阳光和自信，
就得少一些条条框框。

热情的摩洛哥男人

很多年前，费翔怎么唱来着？什么我的热情啊来自什么沙漠之类的。沙漠，本小姐真心之前没去过，所以，也不理解怎么就热情的沙漠了。直到去年，攒足了银子，去了趟中国人幻想中的浪漫的沙漠——撒哈拉。虽然没能理解三毛怎么有本事把这片不毛之地变成中国 70 后、80 后姑娘们的梦幻爱情王国，但是，却搞明白了热情的沙漠的含义——在这片沙漠的尽头的那个神秘的国度里，有我迄今为止见过的最热情的人，准确地说是男人。

摩洛哥的男人，热情如沙漠。

摩洛哥男人的热情，只受性别的限制，完全不受种族、年龄、身材、或者其它任何因素的影响。

我在阿加迪尔的大海边散步，这是摩洛哥西南部的海边城市，在这里，你可以畅游在大西洋的怀抱里。可惜，我没有在大海里遨游的本领，却是许多漂亮的比基尼的主人，于是，为了我梦中的古铜色皮肤，午饭前在海边散步成了我的必修课。事实上，散步的第一天，一个身材一级棒样子一级帅的摩洛哥男人就操着一口带着微弱海洋口音的摩洛哥英语跟我打了四次招呼。散步的第二天，他便主动介绍了自己的身份——海滨救生员——和他家人的情况，并热情邀请我喝咖啡。

也许是受到了法国殖民的影响，咖啡在摩洛哥的文化中有着重要的作用和地位，早上或者午后，你会在北到卡萨布兰卡南到撒哈拉的各个大中小城市的街道旁看到形形色色的咖啡馆。而请陌生的女人喝咖啡就是这种大的咖啡文化下的延续。我只是外国的游客，选择到非洲忘记我在亚洲的土地上的一团乱。显然，这个帅气十足的年轻摩洛哥男子能够帮我达到我的目的。咖啡而已。于是，我应邀前往。

摩洛哥帅哥选择的是一个当地很有名气的海边的咖啡馆，大大的白色遮风帆布远看好像海洋中逆风前行的帆船，实木的托架踩上去有咯吱咯吱的历史感。感觉不错。坐下来，上咖啡，聊天。我的目的是了解异域文化以及和异国情调十足的男人打情骂俏，好让自己可以充分领略这沙漠的热情，也可以让自己完全不动脑子。十分钟后，我才发现，这个真的来自撒哈拉地区的热情的摩洛哥男人的目的，显然跟我不同。

寒暄之后，他了解到了我的职业和大概的工作性质，也对中国和伟大的祖国的首都有了一个模糊的概念。而我也知道，他是撒哈拉人，家里有五个兄弟姐妹，他高中毕业之后因为家里经济条件有限而没能上大学，为了供养弟弟妹妹，干脆直接出来工作。本来打算半工半读，但是，发现，那样太累，海上救生员的工作他又非常喜欢，所以，虽然，知道这个工作不是长久之计，但是，他还是打算继续下去。我把这一切当成异域文化继续津津有味地聆听，然后，摩洛哥男人就深情地拉住了我的手，开始了深情的告白。

大概的意思就是，自从在海边第一次看到我，就深深地被我吸引——看来，世界上的男人也大都如出一辙——于是鼓起勇气跟我说话——我倒是真心没看出来他跟我说话是鼓足勇气的，轻车熟路倒是差不多——通过刚才跟我的交流，对我有了一定的了解——God， how！我男朋友和我在一起快两年，还说完全不了解我——所以，他觉得我就是他想要寻找共度一生的女人。其实，处于对异域文化的了解，我很好奇，接下来，他是不是真的要求婚，但是，鉴于我对求婚这件事情的重视程度，我还是毅然决然地打断了他，表示，他也许误会了我答应和他喝咖啡的意思。当然，摩洛哥男人丝毫没有尴尬，虽然他表示自己非常难过，但是，显而易见，他依然轻车熟路。

有趣的经历。

当然，这并非唯一一例我在摩洛哥碰到的有关热情的摩洛哥男人的"艳遇"。

让我觉得有趣的不是摩洛哥男人有多热情或者为什么如此热情，让我觉得有趣的是，中国男人为何不会这么热情？

很难想象，一个高中毕业的海洋救生员会主动和我搭讪，而且在了解我们教育和家庭背景的巨大差异之后，直接表白。我并非想要身份和教育程度来区分人，只是"般配"在我的定义不光是郎才女貌，双方起码要有共同的或者类似的背景和经历，才有可能有的"谈"，才会开始"谈恋爱"。但是，摩洛哥男人的概念里，显然不是这样。我觉得你很好，我就和你搭讪；你是研究生学历，我高中刚刚毕业，也不能阻挡我想要和你永结同心的心；你在中国，我在北非，我明知道你两个星期之后就会离开这片土地回到你的祖国，我还是想要把握这两个星期的时间，谁知道两周之后大家会怎么想？为什么不试一试呢？摩洛哥男人的热情，逾越了地域、种族、国家、学识、文化、宗教等等所有的差异，他只是给了我他的热情。这种事情，在我们的这片土地上，会发生吗？

我不这么想。

如果，中国的男人，也多一些无所顾忌的热情，少一些条条框框的限制，他们是不是会更加自信和强大呢？起码，他会至少有一次喝咖啡的机会，对吧！

谁知道，喝完咖啡，会怎样呢？

胖子的故事

摄影：Sophia Gui

篁街，麻小。

这货一个人能吃50只。

小索的前男友终于出现了。

一个胖子。

这是小索看到他的第一个反应，这还是在车里，如果是面对面，那个大肚子应该会更加明显吧。

"新车？"

"嗯，不错吧！"胖子居然一脸自然的骄傲和满足。

"嗯，挺好的。"

这是一辆黑色奥迪 A8，顶配。胖子的梦想。

但是，这是小索的噩梦。

自从这辆车成为胖子的梦想开始，他就踏上了成为小索的前度的不归路。

胖子是个离了婚的男人，高大，威猛，英俊谈不上，但是浓眉大眼。事业有成，风趣幽默，看起来属于大肚能容天下难容之事，笑口常开笑天下可笑之人的主。胖子对小索一见钟情，二见定情，三见就直接钻戒求婚了。但是，当时的胖子，还是有妇之夫——号称自己极为不幸的有妇之夫。小索是个绝顶聪明的女人，却终究也是个女人。胖子对"前妻"的描述，让小索几度落泪：她不明白为什么有一个愚蠢的女人对自己如此可爱的老公不闻不问，不仅不满足对

方的生理需求，甚至连基本的生活需求都置之不理。这样的一个好
男人，每天面对一个打扮得流里流气却又不上档次、浑身叮铃咣铛
的各种廉价首饰乱响、却从来不做饭很少打扫卫生、不上进不努力
工作只会满腹唠叨对现状不满的女人，该是多么的痛苦。无论小索
如何试图保持距离并诲人不倦地开导胖子，胖子还是离了婚。

他说，我做的一切都是为了你。

我要和你结婚。

对于一个成熟理智的女人而言，这举动太戏剧化，太不靠谱。可
是，小索似乎生来是个 Drama Queen，大家总是说，什么事情发生
在她的身上，你都不需要感到惊讶。被求婚不是一次两次，这么神
速虽然有些诡异，但是，小索却依然一脸幸福也毫无诧异。重点是，
她居然答应了。

重点是，答应的时候，胖子还没离呢。

Anyway，胖子终于至少是单身了。

知道来龙去脉的几个闺蜜都大跌眼镜，不是因为他是一个离了婚

的胖子，而是因为，他是一个老胖子。这个大胖子年芳四八，光是年纪上就生生长（chang）出一轮半。关键是，很多四八的middle-age也都体态轻盈一脸大叔帅气相性感逼人，此胖子气势是有的，但是，貌相跟实际年龄严重不符，说他已然五四应该不会招人怀疑。

"你们太夸张了，好吧！人家是四八的生辰、五四的相貌，但是，却怀揣着二六的心，还有二六的劲头呢@#$%^^&★...."

众人呕吐。

小索就是这样，picky起来让人误以为她是处女座，万一动了心，不光智商为零，革命乐观主义的精神就会瞬间蓬勃激昂如尼加拉瓜大瀑布一般势不可挡。众人也是因为她这般乐观和阳关，才忽略不计她性感小嘴的偶尔刻薄和尖酸。

就这样，小索和胖子在一起了。

胖子的前妻占着大房子。原本，胖子还住在那里，就等着前妻找好房子搬出去。可是，对小索动了情，二话不说，直接拎了个包住进了如家快捷。其实，胖子虽然住盘古大观和中国大有点儿夸张，但是，弄个酒店公寓或者小四星还是OK的，但是，他是个节俭的人——小索一直对此颇为得意——所以，直接在小索家附近，找了一

个如家。事实上，如家，根本不如家。第二天，胖子嘟起胖胖的大
嘴和大脸，跟小索描述凄惨的昨夜，噪音味道蚊子，当然，还有无
穷的寂寞和感伤。小索想来多愁善感，又经常自诩菩萨心肠——纵然
凶狠起来的那张好看不过的小嘴儿是几个菩萨都会汗颜的——居然把
胖子领回了家。

倒插门儿。

姐妹们怒兮。

小索甜蜜兮。

好景，不长兮。

Move in 的胖子依然笑声朗朗，只是，慢慢，却只有晚上十点
之后小索才能见到朗朗哥。十一点十二点，甚至过了凌晨也是有的。
小索本不是个多疑的人，也就由着他。但是，除了几个铁磁，小索
一直被雪藏。而且，回到家里，胖子也是机不离手。

小索从来没有翻人家手机的习惯，大约是曾经被双鱼座男朋友严
防死守过了，特别能够体会被人家查来查去的痛苦感。

可是，女人，就是女人。

六月，初夏的早晨。平时睡得跟猪一样的小索 6 点就醒了。然后，看着旁边的胖子死活睡不着啊！本来打算起来看看书小清新一下，忽然看到了胖子放在床边的手机。

从来没有翻手机的习惯，就此被打破。

小索，浑身发抖。

Wechat。

置顶的还是小索。

但是，靠下面的位置……

各种裸照。

问题是，不是女人的，而是胖子发给女人的。

……

小索崩溃了。

但是，这一次，伶牙俐齿居然失去了它所有的功能，什么都跟分享的一号闺蜜对于这次 nude 事件都没有听到一点儿风声。

安静地，小索走了。

收拾好胖子所有庞大的衣服和裤子，打包好小索给胖子置办的所有新的内衣内裤睡衣袜子，拆开那些本是情侣的套件，对于小索这样爱情至上又爱情至纯至清至浪漫的人而言，到这里，就没有什么可以说的了。◡

胖子崩溃了。

小索把胖子照顾的无微不至体贴入微：早上起来牙膏是挤好的，洗脸水是温的，洗好脸干净的毛巾是直接递到手里的，收拾妥当擦脸油是直接温柔给擦好的，早点是做好的并且温度正好是合适入口的，晚上回到家拖鞋是头朝内的摆好的，皮包是直接接过来的，拥抱和啄木鸟轻吻是必备的，皮鞋一拖就会被穿着性感小睡衣的可人儿拿起来喷上带香味的鞋油然后用专业级别的擦鞋布打得亮亮的，睡前的浴缸是放好热水和泡泡的，泡澡泡到一半是一定有饮料和草莓被喂到嘴里的，睡前甜点或者红酒还是变着花样的⋯⋯

这可怎么得了！

但是，小索就这样，失联了。

两个月后，胖子居然打通了小索的电话。

而小索，居然答应了胖子的夜宵的邀请。

簋街，麻小。

小索一个人吃了 50 只。

30 只 7 块的，20 只 12 的。

小索，觉得这个搭配，吉利。

小索还觉得，自己的对面，坐着的只是个，胖子。

遗憾

绘画：Sophia Gui

当遗憾被填补之后，多少人曾经感叹：
不如，留着，那份遗憾。

这个世界本身就是由各种各样的遗憾构成的。

大学里那个疯狂追求你的哥们儿，因为你在和青梅竹马的校草一
起漫步赏月，根本没有正眼看他一下。10 年后的同学聚会上，你忽
然发现他英俊潇洒帅气逼人，从上到下散发着迷人的男人味。仍然
单身的你想要走过去，却发现在他身后，走进来曾经和你住在宿舍

同一层的化学系的那个最最不起眼的单眼皮女生——挺着个大肚子：
虽然她仍然单眼皮仍然不起眼，但满眼满脸满身都洋溢着带着淡淡
香气的幸福和满足的味道。你只能在留下微信号手机号之后假装祝
福地黯然神伤。

　　周末 party 上，你和上知天文下知地理幽默风趣的他谈天说地默
契十足，仍然是单身的你春心荡漾，开始眉目传情。这时，另一个
普普通通的女人走过来轻轻挽住他结实的小臂，他微微一笑，向你
介绍：我太太。你只能在留下微信号手机号之后假装 happy 聊天然
后独自黯然神伤。

　　遗憾吧？

　　怎么那些好的男人自己当初没有把握呢？青梅竹马的初恋男友在
跟自己纠结了 4 年之后终于远去他乡音信全无，据说早已定居北欧
某国幸福安康。

　　怎么这样好的男人都被那些普普通通的女人带回家了呢？眼前那
个微笑迷人笑声迷人的他怎么会有那样一个平凡的妻子呢？

　　太遗憾了！

呵呵，生活，本来就是由一个遗憾接着另一个遗憾构成的。

有时候，你会发现，与其像今天这样遗憾，还不如将遗憾都留在最初。

一周后，大学同学发来微信。只是普通的问候微信。你礼貌客气。之后，大学同学每天发微信，从早餐问候到提醒午间休息，从下午茶不要加太多糖到晚上有时间一起吃饭吗。你忽然感觉回到了大学时代：他殷勤如故、温柔如故，却成熟有余、体贴有余。你了解晚饭的意义，于是，自认为明智地选择了午餐和下午茶。在一个又一个或者晴朗或者阴霾的北京的午后，你们郎才女貌地坐在梧桐的大摇椅里、蜷在顶峰的大沙发里、瞭望在 79 的云端里。你享受着美妙的感觉，享受着曾经的遗憾。你听着他说他的日子虽然过得不能叫糟糕，但是，无非是普通人的小日子。妻子平凡无奇，没有什么太多的兴趣爱好，有时候还喜欢发脾气。但是日子嘛，无非如此。你听着听着觉得真是糟蹋了这样一个男人，有品位有气质会生活够细腻，怎么，偏偏和那么普通甚至一身毛病的女人生活在一起了呢？这样的男人不是应该属于你的吗？

缺心眼了吧！

　　她那么不好，那还结婚？她那么不好，还结婚五年之后二人选择造小人儿并成功地让你所谓的优质男的 sperm 成功入住？她那么不好他还携妻出席各种场合？她那么不好，直接离婚好了啊！

　　她没有那么不好。

　　或者说，再好的人，待得久了，也都麻木了。

　　林青霞好看吧？也老了吧！奥黛丽赫本是女神吧，每天看着，最后一样熟视无睹。大龙虾好吃，您能见天儿吃吗？不腻啊！

　　有的时候，我们口中的"没有那么好"，不过是习惯之下的产物。当然，不排除一种可能性，就是您真的特别好超级棒，在对比之下，让男人感觉如沐春风如获新生。你比他媳妇儿温柔体贴娇小可人，你比他媳妇儿兴趣爱好广泛，性格也更开朗怡人。你浑身上下洋溢着一种青春和轻松的味道，让人着迷。

　　那又怎样？

　　他能为你离婚吗？

他为了你离了婚之后不再为别人跟你离婚吗？

　　我没说这是一个悲观的死循环：能够为了你跟 A 离婚，将来也会为了 B 跟你离婚。我只是说，究竟是他真的好还是你太 desperate？究竟是当初的没有选择的，今天却让你大跌眼镜的遗憾让你顿生失落感，还是你真的对他重新一见钟情爱上了他的人格？他对你的百般殷勤是因为他从 10 年前开始对你的那段感情从未熄灭，今日不过旧情复燃，还是怀胎 7 月的那个她跟依然单身神采奕奕脸上涂了 n 种化学元素穿着紧身 Prada 的你相比勾起了他单纯的人类对美好事物的向往？

　　你要的是什么？

　　一个有妇之夫的殷勤？还是一个安心怡人的结果。

　　当你犹豫不决时，一束鲜花快递到了你的单位。浆果红成熟诱人的玫瑰自由而松散地包在墨绿色的粗皮纸中。香，却不浓；艳，却不躁。

　　微信同时响起："一见，如，故。"

落款是帅气的他。

Party 男。

你心中小鹿乱撞，双颊绯红。

"喜欢吗？"

"嗯。谢谢。"

"成熟的浆果红，只有你配得上吧。"

你无措。

一个下午，他发来短信无数。瞬间，大学同学不在了。你才发现，那不过是个遗憾。你的心，好像跑到了这里。

于是，你和他开始吃晚饭的生涯。

Party 男的工作性质特殊，晚上一般要九点以后才下班。于是，夜宵晚餐就成了你和他见面聊天的特有的娱乐项目。你们把北京的内九城翻了个遍，挨家挨户体验华灯下的浪漫。之后，再到香山脚下、昆玉河畔、卢沟桥边，打开天窗摇下车窗，让 Michael Bolton 的声音穿过宁静的夜。不说话，就这样，待着。

你贪婪地享受着这一切。

直到有一天，当 When a man loves woman 的旋律响起，他拉住你的手、将你揽入他的怀中，你才开始凌乱。

好遗憾啊！

为什么他已经结婚？为什么他竟然找了一个那样平凡无奇的女子？

你有病啊！

就你不无奇、就你不平凡？

你怎么知道人家家里那个就平淡无奇了？就因为人家没穿 super

high 跟和 super tight 裙？就因为人家没涂唇膏唇吻凸显？就因为人家小腹有点儿隆起眼角鱼尾纹曝露？

您没有那一天啊！

他既然娶她伴她，她必有她的长处和外人没有的优点和魅力。不要听那些当初年少轻狂不懂事只想成家后立业便遂了父母的心愿之类的屁话。旧社会啊三从四德孝为先？那么不痛快不满足，早就离了啊！你一定不是世界上最完美的女子，所以，也不一定是他第一个这样表白的女子。并非你不够杰出不够美，只是这世界上杰出的太多美的也不少。他现在花时间花精力陪伴你，或者，真的是他找到了人生知己此生挚爱，但是，这样的可能性有多少呢？就算你们真的是天造地设，现在时机也不对啊！

年龄的增长，会让你碰到越来越多的不同的事情和不同的人，虽然会学着处乱不惊，但是，世界的多样性还是会让你随时诧异。单身的你心里对爱情和婚姻的渴望日益浓厚，可是，你身边适龄的男子却大都成为了别人牵手的对象，而那些个别人又似乎都没有你好。除了遗憾，还是遗憾。

亲爱的，你着急了吗？

于是，你想要扭转遗憾的乾坤吗？

亲，这不行啊！臣妾办不到啊！

这个世界上，有太多太多的遗憾，每个遗憾背后，都有它独特的原因和存在的理由。有时候，似乎弥补了遗憾就完美了。可是，你的遗憾的补充，却也许，给许多周遭的人带来了更多的遗憾。这次去西班牙时间太紧，所以，没能去到我一直向往的葡萄牙，就十几公里的距离，还是只能遥望。我很遗憾。可是，回到国内，我就接到了这本书的邀稿。稿费应该可以支付再去一次葡萄牙的费用吧，呵呵。而且，倘若，当时，若是真的匆忙地赶到葡萄牙，岂不是就会错过西班牙南部的那些美轮美奂的小镇和香甜醉人的家酿红酒？许多遗憾，就注定以遗憾的方式保留在那里。这个遗憾的存在，是为了以后更多的美好，也是为了，不制造更多的遗憾。完美无缺若是没有遗憾的衬托，怎么会显得那么弥足珍贵？你遗憾当初错过了大学同学？你遗憾身边这个完美 Party 男没有办法成为你的终身伴侣？你是不是期待，也许你们是真爱，会最终克服千难险阻在一起？别做梦了，我的宝贝儿。倘若他真的注定是你的，开始的时间，也

绝对不是现在。结束你的遗憾的时间，更绝对不是现在。倘若这份
遗憾注定可以结束，那就等待，耐心地等待。

　　你有的时候不知道，当遗憾被填补之后，多少人曾经感叹：不
如，留着，那份遗憾。

生孩子

摄影：Sophia Gui

不爱不是因为心如止水，
而是因为不再信任。

一群闺蜜齐聚梧桐下午茶。

闺蜜 C，年轻貌美，至今未婚。

告诉你们一个消息："我要做妈妈了！"

什么？

啊？

你？

不是吧？

跟谁？——各自问完问题之后，众女异口同声。

"还不知道呢！"

没事儿吧你！

一路批斗。

平时吃喝玩乐无一不擅长的闺蜜 C 从来都是我们诸人的小偶像，男友人无数，每次司机都不一样座驾也不一样，她承认的男朋友从我们一起玩到现在十余年，只见过两个。按照她的理论，不是交往了的都叫做男朋友。有人要过程，有人要结果。在我们看来，她每次都轰轰烈烈，至今也仍然保留了轰轰烈烈的权利。就是这样一个大宝贝儿，说要生孩子，坏了身材不能化妆，辣椒咖啡统统都要扔到一边，还要远离所有高科技，之后更是尿布奶瓶各种奇怪味道混合的世界，让这个已经尝试过了超过100种香水的女人如何生存？她会这么做？鬼才相信！不是，鬼都不会相信的。

姑娘们，我是认真的！

好吧，大小姐发话，听着吧：

你看，我们这岁数，正当年，不生个孩子，基因就浪费了啊！尤其是我，是吧，这智商，这长相，这身段，这……（嘘声一片）行了，行了，事实我就不陈述了，总而言之，我的意思是，不能浪费这么优良的资源，我们对于国家是有责任的，我们需要为祖国的未来培养和输送人才，还有什么比贡献这个世界上最优良的基因更合适的呢！（继续嘘）好吧，说正经的。你们都问我，跟谁生，对吧？这确实是一个问题，一个严重的问题。但是呢，这个问题我已经仔细想过了，要是去精子银行，怪贵的，而且，不靠谱吧，都没见过，再说，又没有激情，不是说，激情之下的小宝宝才最聪明嘛，对吧！（一如既往的迷人的坏笑）所以，经过我的深思熟虑，不能人工授精，还是需要亲自动手，亲力亲为嘛，自己的孩子，要认真要负责。而且，姐妹们，我特别认真地想过一件事情，那就是找老公

和找孩子他爸是有本质的区别的。（众人竖起耳朵状）你看啊，如果
找老公，那事儿就多了，比如说他妈妈好相处否、比如说他打呼噜
否、脚臭否、小气否、勤快否、花心否、能干否、脾气好否、还有
等等等等东南西北的各种问题，你都得考虑吧，因为你得跟他一起
生活啊，你得对他负责啊，他不洗衣服你就得洗，他脚臭你就得忍，
他要是花心你要么弄死他要么气死自己，所以，不好找，真心不好
找。哎……但是，孩子他爸就容易得多了啊！谁管他讲不讲卫生爱
不爱干净啊，只要符合几个条件就行了，你们看啊：个子高、长得
帅、智商高、没有遗传性疾病。没了。简单吧！只要符合这几个条
件，就可以当我孩子的爸爸啦，我就照着这个标准，找一个，然后
激情一下，然后就水到渠成，都不用孩子他爸知道这件事儿，他美
他的艳遇，我享受我的劳动成果。Bingo! 双赢，对吧！不过，为
了稳妥起见，一次肯定不行，我得和这个孩子爸爸……你们懂我的，
不错吧！

众人听得晕。

之后大家说得什么基本没记住。

聚会散。

两周后，闺蜜 C 召集大家下午茶。说要放松一下心情，所以，得挑一个能放松心情一览世界的地儿，我们以为得自备干粮上鬼见愁了呢，结果，位置共享，大小姐已经在 M 远眺紫禁城了。

打个岔，这大宝贝儿，对就餐环境要么完全没有要求，比如虎坊桥的现切羊肉烤串、银锭桥的臭豆腐，要么就神事儿，环境不好，不去。当然，这取决于她是要去吃饭还是去散心。今儿，显然散心大于吃饭。

哎……

一声叹息开始。

我们都不说话，这是惯例。这群姑娘，就数她最能说，上嘴唇一碰下嘴唇，可易乾坤可动阴阳的。

"你们说，这个世界，想有个自己的孩子怎么就这么难呢？"

好嘛，大宝儿还惦记着这件事儿呢！

我本来觉得自己倍儿聪明，想出来了这么个绝顶的前无古人后无

来者的好主意，然后，我就炫耀啊，过去的两个礼拜，我和各路哥
们儿还有大哥们吃饭的时候，我就特别得意地跟他们说我这个想法，
多有创意啊！多吧！（创意，神经吧！找一个高智商的帅哥，然后
浪漫缠绵几夜，然后就弄个孩子出来，然后自己养着？）结果，不管
是财大气粗还是青年才俊，都对我的想法非常赞赏，我开始还吹呢，
说，是吧！好吧！你看，我也没打算跟这哥们儿结婚，就是，是吧，
双方联络一下感情，然后各取所需呗！他抱过美人，我得到优良基
因和我自己的小孩儿。接着，当他们意识到我是真的有这个打算的
时候，都分别私底下跟我表示，对我的特立独行非常赞赏，不光勇
气可嘉，而且着实可爱。还赤裸裸地暗示，这样的"孩子爸爸"他
们都乐意当呢，而且，不是只贡献自己优良的基因哦，他们还愿意
对孩子负责任一辈子、吃喝拉撒上户口上学国内国外随便挑那种，
他们都包了，一定做一个负责任的爸爸！我就越听越别扭，什么叫
负责任的爸爸啊！这孩子跟你们有半毛钱关系啊！（已经听出了端
倪的我们，更是大气儿都不敢喘，这大小姐，你可以送礼物送心意，
但是，要是让她闻到包养的味道，直接全体公共联络方式全部拉黑，
毫不留情）还想负责任！这分明就是……分明就是让我当小老婆啊！
有个大哥更逗，直接跟我说，小 C 啊，你这个想法太有创意啊！其
实男人没有那么不负责任，不会让你怀了他的孩子还要自力更生，
只要你对名分不计较，有很多优秀的男人都愿意照顾你和孩子一辈
子啊！我 k，这不是赤裸裸的包养吗！！！（此处省去数个感叹号，

但是闺蜜 C 的语气绝对不是这几个感叹号可以呈现的）。

然后，我们忽然进入了一个史上以来最安静的下午茶。难得的北京晴空万里，看得见城门楼子、看得见角楼、看得见国贸三期、看得见大裤衩，好像，鬼见愁也是看得见的。

可是，忽然间，我们好像看不见自己了。

生个自己的孩子，这么难？

你不想要孩子的爸爸知情、想独立自主，偏偏有 n 个男人围上来，对你的独立表示赞赏，愿意贡献精子贡献金钱贡献时间贡献爱，显然，闺蜜 C 的"只想要个孩子"的想法，被众男人理解成了"不要名分"的另一个说法。是啊，一个年轻貌美的女人，愿意以身相许，愿意给男人生儿育女，还愿意独自抚养子女，什么都不要，只要你的优良的基因，在许多男人读来，不过是几夜欢愉。这样的好事儿对谁来说都是天上掉下来的大大的馅儿饼啊！所以，他们蜂拥而上。奇怪的是，同样为他们做了这样的事情的媳妇儿、也就是拿了名分的那个，似乎很难得到这样的热情。"名分"两个字，难道对于男人，也这么大区别？

所以，一个不要名分的女人，瞬间就变成了众生追捧的受欢迎的女人了吗？

闺蜜 C 安静了，我们也安静。

这个世界，太奇怪了。

那孩子，怎么办呢？

他们的故事

摄影：Sophia Gui

无视一切，就好像拥有整个世界……

他喜欢她。

她喜欢不喜欢他？

因为，她喜欢他。

可是，他不喜欢她。

因为，他知道他喜欢她，而他，不喜欢，喜欢和别人喜欢一样的东西。

有趣的是，他喜欢她，确实因为，他知道他也喜欢她。有人喜欢的她一定是更加值得喜欢和坚持的。

所以，他坚持喜欢她。

她不喜欢他。

因为，他太不矜持，太坚持，没有男人的霸气和霸道。

她喜欢他。

因为，他是那么矜持，那么无视一切，就好像，自己拥有整个世界。

后来，她嫁给了他。

相对论

摄影：Sophia Gui

爱因斯坦，你妈喊你回家吃饭。

　　刚刚读到一篇微博，说是一对江苏的小夫妻双双辞了职周游祖国大好河山，历时 70 天有余，花费不过 3w 有余，拍出无数优美照片，让众生羡煞不已。

　　虽然不高却又富又帅的男闺蜜看完我的分享发来信息：因为爱情。我不识趣地回复：切。

　　男闺蜜酷爱旅游，女朋友娇小可爱白皙动人，还喜欢凡事自己动手丰衣足食。我们一直羡慕地说这小伙子（重音在"小"上）交了狗屎运（重音在"屎"上）。但是，男闺蜜非常不满意。因为，娇小白皙女朋友为了满足自己的物质需求，非常努力地工作。她学商出身，自己做的是销售，正常情况下一个月税后 1w 有余，光景好的时候可以上到 2w。对于一个女八零后，应该是让人知足的收入。但是，娇小白皙女喜欢宝宝和鞋鞋，而且，还认为花比她富有的男朋友的钱理不直气不壮，总是心虚，于是会不敢发脾气不敢大声说话，只能从此唯唯诺诺失去话语权，于是，坚持着自力更生的原则，n 双 Ferrogamo 和一个 LV 一个 Prada 一个 Chanel 都是自己买的。下一个目标是 Buberry。按照她的收入，购入这些个东西，并没有那么容易，于是，娇小白皙女下班之后干起了淘宝上代购的营生，而且，专门代购奢侈品包包和鞋鞋。对她而言，这是完美的良性循环——越代购越了解品牌包包和鞋鞋，也越赚钱；然后就可以买更多的包包和鞋鞋。代价就是，时间，木得了。

　　男闺蜜崩溃。

　　他无数次在我们面前哭诉，虽然我们都特别嗤之以鼻，提醒他这个年代这样独立自主还能干、又娇小白皙的姑娘哪里找去！

一家有一家的难处。

男闺蜜，水瓶座，除了个子不高，都是优点。家有房产 n 套——虽然占了政府拆迁的便宜，但是当今社会英雄不问出处——容貌跟梁朝伟和刘德华没有办法比，但是绝对英气逼人。关键人家会打扮，不胖不瘦七分裤，不松不紧棉衬衫。健康，阳光，温暖。就一个爱好：旅游！

他们家房子还没被拆掉的时候，他就经常自己骑着单车去红领巾公园，我们问他去干吗，他说他去旅游。K，旅游？但是，他就一直这么说着。后来，他还经常说他去通县旅游，他去北宫国家森林公园旅游，他去凤凰岭旅游，我们对"旅游"两个字的崇拜和向往就这样一点点儿毁在了他的自行车轮里。但是，他却在不知情的人的眼里，成了高端大气上档次的代名词，因为哥们儿动辄就出去"旅游"了。

终于，他姥姥家的房子拆了，我们以为家园没有是难过的事情，但是，哥们儿当时的暑假就真的旅游去了：泰国。哇塞，当时的我们，一听泰国，那一定是一个外国的什么国家吧！晒得乌七八黑的回来的他，从此，成了闲杂人等的男神。之后的每个假期，他都出去旅游——我们都认可的那种旅游，东南亚是他初二之前就玩腻了的，之后的欧亚非大陆也都不在话下。

　　不知道几岁的时候，我读过一篇文章，里面描述作者的感受，大概是这么说的：我就好像从那不勒斯的春天一下子来到了阿拉斯加的冬天。当时，我就爱上了这个句子，也爱上了这两个让我完全没有概念的地名。但是，那么美丽的名字，一个一定四季如鲜花儿，一个一定终年覆白雪花儿。大二的夏天，男闺蜜敲门。留下了一个阿拉斯加的冰箱贴——收集冰箱贴是我的 hobby，冰箱的正面贴的是我自己去过的，侧面贴的是我没有去过——华丽转身离开。其实，是从那天开始，我决定在手机里正式把他从"小时候一起混的"的那一组移除，并郑重加入"品质男闺蜜"这一星标组。从阿拉斯加回来的呢！

　　就是这样两个人。

　　一个帅气富有健康乐观周游世界。

　　一个娇小白皙努力工作实现包包鞋鞋梦想。

　　一个认为旅游是生命的根源和生命存在的意义。

一个认为不吃不喝或者吃糠咽菜也要靠自己的力量收集包包鞋鞋就是自己存在的价值。

一个觉得钱是拿来旅游和浏览这个世界的。

一个坚信钱就是为了包包和鞋鞋们印刷的。

难怪，男闺蜜听到江苏小夫妇那么羡慕，也那么神往。

我自然是开导劝解男闺蜜：你看，这就是相对论啊！他们为什么能够辞去工作说走就走？一定是工作没那么理想收入没那么诱人啊！往往就是这样。工作没有那么好的人，往往可以说不干就干了；存款没有那么多的人，往往可以说都花了就都花了。工作稳定收入颇丰招人羡煞的中资们，却总是思前想后瞻前顾后左右摇摆。看你们家娇小白皙，不是因为工作理想业绩卓越嘛？！对吧，又不用你养，又不用你操心。你相对论一个，看看那谁，还有那谁，对吧！出门只带手机和唇膏，你们家那位要是这样你受得了啊？！对不对！你们这位，要模样有模样要身材有身材要人品有人品，还独立自主自力更生发愤图强，十足女性主义的现代社会的活生生的肉身啊！你还不满足啊！

累死我了。

相对论这事儿我是真的相信，因为，它特别符合逻辑。甚至说，相对论是绝对正确的。可是，如果它绝对正确，那么，相对论也就不对了，所以，为了保证相对论的正确性，它一定也是有问题的，只是，我还没想明白，问题在哪儿。好吧，重点不在这儿，point 在于，从相对论的意义上，娇小白皙女，真心不错。

男闺蜜就说了一句：那，要我干嘛？

我直接 shut up 了。

其实，我一直不知道，男闺蜜对于娇小白皙女的意义何在。

当然，我其实也一直都不知道娇小白皙女对于我品质男闺蜜的意义何在。

但是，我不能说这个啊！

可是，他，还是自己悟了。

相对论适合劝人讲大道理，却不适合将心比心劝自己。不能因为人家更不舒服我就将就了自己的稍微弱一点儿的不舒服，也不能因为人家一般高兴我就以为我的高兴是兴高采烈级。舒不舒服就自己知道，跟别人无关。开心不开心是一种感受，跟比较无关。隔壁屋的房子有 170 平，我的 70 加一零头儿一个人真心够住；同事富贵女每天换一款围巾，款款都是 Luxury 正品，我 Zara 的这款粗棒针儿款真心百搭且清纯。这事儿怎么相对啊！非要看到流浪汉，才觉得"哦，我已然二环内安居"？非要听到楼上小夫妻歇斯底里，才感慨"起码我男友不砸东西"？

没事儿吧！

理论是理论，现实是现实。

劝人是劝人，听不听全在你。

男闺蜜还是禁不住旅游和自由的诱惑，决心放弃了娇小白皙女。之前，还特别善良地想要给人家一次机会。当时，娇小白皙女正等着一个 Hermes 的业务，说只能给我男闺蜜 10 分钟时间。

男闺蜜在一层电梯楼等她。

电梯门开，娇小白皙女抱着 iPad 下来的："万一她给我回信儿呢！呵呵！"

男闺蜜额头蜻蜓点水："我们，不合适。"

就像在我们家给我送阿拉斯加的冰箱贴那天一样，他华丽转身。

两个都知道自己要什么的人不需要磨叽。

磨叽本无意。

三个月后，男闺蜜旅游归来，携手一娇小小麦女。送了我一枚那不勒斯的冰箱贴，对我说："相对而言，这个，更适合我。"

我爱你的缺点

摄影：Sophia Gui

给别人一条生路，
也是给自己一条生路。

我爱你。

我爱你的优点。

我也爱你的缺点。

正因为你有那么多缺点，你才有时间去养成那么多的优点，如果你的时间都花在改掉缺点上，估计，你顶多是一个没有缺点的人，却一定也没有心情和时间去形成那么多的优点。

正因为你有那么多的缺点，你才会选择我、而没有选择一个更美丽、更善良、更性感、更温柔、更出色的女子，而是选择同样有这么多缺点的我，选择疼我爱我珍惜我。

太多姑娘只盯着对方的缺点，不肯放过、不肯忽略。既然躲不过，就直面吧！想想当初他是怎么把你追到手的，想想当初他是怎么温柔体贴细致入微的。当初的美好都不在了吗？优点都没有了吗？只有缺点了？你没有办法放过没有办法忽略更没有办法直面，那就放弃吧！放他走，给他一条生路，也给自己一条生路。

否则，对自己说：

我爱你，我也爱你的缺点。

摄影：Sophia Gui

能容得下杂质的才是大海，
鱼缸只能容下水一瓢。

理解万岁

理解万岁。你同意吗？

同意。

你知道这句话的真正含义吗？

你一定不知道。

先说"万岁"的由来吧!

西周和春秋时，人们常用"万年无疆"或者"眉寿无疆"来表达歌颂和祝福。《诗经》有"跻彼公堂，称彼兕觥，万寿无疆"的句子，用来描绘人们举行欢庆仪式的热闹场面。而"万岁"一词，是这些颂词、祝福语的发展和简化。这个词真正的普及，还是从汉武帝开始。董仲舒主张"罢黜百家，独尊儒术"，"万岁"也被儒家定于皇帝一人。根据《汉书·武帝纪》的记载，元封元年春正月，诏曰："朕用事华山，至于中岳……翌日亲登嵩高，御史乘属，在庙旁吏卒咸闻呼万岁者三，登礼罔不答。"十五年后，汉武帝又言："幸琅邪，礼日成山。登之罘，浮大海。山称万岁。"打那儿起，这"万岁"也就成了皇帝的专用称呼，除皇帝老子之外，任何人不得使用。

皇上用这个词，为的是表现自己的永恒存在和亘古权利。后来，尤其是现代社会中，我们再用"万岁"这个词儿，大部分情况，都是表示这件事情的伟大而高尚。但是，可以表示伟大和高尚的词汇千千万，为何偏偏挑了这一个？原因复杂。小女子以为，选择"万岁"这样皇族气息浓厚，却也奢望气息浓厚的词表达的不仅仅是事情本身的伟大和惊喜，还有我们内心最深处对这件事情可以实现的几率的最低期待。说得通俗一点儿，就是，"万岁"曝露了我们内心的恐惧：我们知道这件事情几乎很难实现，所以就选择了一个看似高大上的词语，用来表达我们最最美好的期待。但是，我们也同时选择了一个特别不靠谱的、历朝历代皇帝都无法实现的词组来形容我们的那个最最美好的期待，因为我们心知肚明：它实现的可能性就像皇帝渴望万岁万岁万万岁的梦想一样，脆弱得很。

So，"理解万岁"这个词是有深层的含义的。

真的，不能期待别人理解我们。同样地，也不要认为我们可以理解别人。如果人类可以从这个层面上意识到理解本身就像万岁一样，全无实现的可能，人和人之间的关系会轻松和舒适得多。我们总是那么渴望别人理解我们，也常常假装我们能够理解别人，于是，大家都活在一种善良的伪装里。可是，问题是，无论任何一个人多么努力，一个人都无法真正意义上理解另一个人。完全没有办法。

为什么？

因为，被孕育的时候父母不一样，出生的时候医院不一样，月子的时候被伺候的不一样，之后上的小学初中高中大学不一样，就算学校都一样同桌也不一样，吃的食物喝的水用的文具看的小人书童话故事不一样，再大了之后交的男女朋友不一样，工作的环境同事的素质不一样，每天乘坐的交通工具不一样……在那么那么多的不一样之后，你还相信你可以理解一个和你从 0 岁开始就经历完全不同的另一个人的幸福或者痛苦吗？你还期待另一个完全不了解或者不熟悉你人生经历的人了解你每一个甜蜜的期待和莫名其妙的情绪吗？Come on，这太扯了。

生你养你的父母理解你吗？

你的发小儿理解你吗？

给了你所有生理基因和功能的父母都无法看懂你，和你分享所有童年的荒诞和天真的发小儿都无法预测你，你怎么能期待那个你 18 或者 24 或者 28 碰到的他或者她理解你呢？尤其是女人们，我们期待说爱我们的男人不光要理解我们，还要懂我们，还要能预测我们的期待和感知我们隐藏的情绪？拜托，我们不得不承认，我们的情绪变化和情感起伏，远远没有大姨妈那么守规矩，基本上有习惯的节奏和力度。我们自己都无法预知自己的变化，却希望那个他能够明察秋毫未卜先知，然后适时适度地嘘寒问暖，制造甜蜜浪漫的惊喜和意外，否则他就是不理解我们？

他们当然不理解。

他们从小接受的教育里，是自立和自强，是向前冲而不是娘娘腔。他们有他们的世界，他们有他们的苦恼，他们有他们的智商和情商的缺陷和空白。他们有他们的艰难和维艰。

这么不同、这么忙的他们哪里有能力、有精力把时间都花在理解我们女人身上啊？

可是，我理解他啊！他为什么不能理解我呢？

你怎么知道他没花时间？

有些事情，光有美好的意愿是远远不够的，智商是硬伤。且不说男人是否从基因上说具备理解女人的能力和意愿，当你这样要求男人的时候，你又理解男人了吗？他工作到 11 点，一身酒气回家，你的第一反应是厌恶地扭过头、还是理解地拥抱和递上蜂蜜水呢？你不喜欢他喝酒？他喜欢喝酒吗？你还喜欢唠叨呢？他喜欢吗？

这才叫理解。

这真的很难。

不是我们不想、也不是他们不想。只是，这真的很难。设身处地需要的不仅仅是意愿，还有智商、情商、能力、修养、个人经历、精力、心情等等诸多复杂的因素，才能得以实现。所以，希望对方理解自己的幻想，最好趁早放弃。

他不理解我，我们怎么在一起？

试图。

是要对方试图去理解你，只要对方摆出了想要理解你的想法的架势，就足够了。你要知道，每个人的想法在自己看来都是再合理不过的，但是，对于旁人，则是千奇百怪的异物。所以，只要那个人愿意听你说说、愿意用心去想想、愿意试图去明白你的意思，这个人就已经足够好了。相信我，虽然有人声称理解你所有的想法，他不过是虚张声势或者自以为是。真正意义上的理解完全不存在。当然，愿意为你虚张声势也不见得是一件坏事。可是，珍惜那些坦白地告诉你他不一定能够理解你的一切，但是他却愿意尽量理解，更愿意在不理解的时候选择相信你有你的道理的人吧！

他们，才真的了解"理解"的含义。

摄影：Sophia Gui

天色染白距离和遥远
人们在迷茫中步履蹒跚
雪花飘落地面毫不情愿
不知道在最后的悲伤之前
快乐还能持续多少时间
……

最闺蜜：

在天最黑的时候，

陪你等天亮……

摄影：Sophia Gui

化好妆，再写作

你化好妆再接快递，
送快递的不恨你吗？

写作，是个安静的工作。

为了完成安静的工作，大多数的作家或者作者都会选择安静的角落完成自己的创作。而最安静的地方往往都是家里。

我就喜欢在家里创作。

当然，也会有南锣鼓巷的咖啡馆、南城胡同间的老四合、东四环

湖边的露天 lounge bar 或者西山山脉错落中的隐秘茶社。但是，在
外面创作总是有着各种各样的问题，比如南锣总会有学生和游客激
动地大呼小叫，四合里总会有母蚊子占你的便宜，lounge bar 里要想
着维护自己的优雅形象所以很难写到激动处忽然笑出声音，茶社偶
尔会让人安静地忘记了红尘的纷扰——没有纷扰还写个什么东西？！

　　在家里，就完全不同。

　　根据心情的不同天气的差异污染指数的高低，在差不多屋顶高的
CD 架子上挑出今天要循环播放的那一张，再根据以上的各种参数，
换上喜欢的舒服的被我叫做家居服的衣服，然后，高高地松散地盘
起头发。然后，开始写作了吗？

　　Nope。

　　接下来，开始化妆。

　　每次写作之前，我都要化妆。

　　而且，一定要认真地化。

　　大部分化妆和化妆的 style，都是根据今天要出去见谁以及参加

什么活动决定的。但是，写作之前的化妆，完完全全是为了自己，还有那些即将诞生的美丽的文字。

　　打字时，电脑的屏幕上会隐约反射出自己的样子，虽然不是很清晰，但是轮廓和感觉却反而因为模糊而变得更加迷人。在欣赏自己的程序中写出的文字，每一个字都带着或者温暖或者性感或者甜蜜或者安静或者悠然或者淡雅或者难过的味道。

　　化妆中重要的一部分是嘴唇。写东西的时候，我一般喜欢 YSL 的粉红或者 Givenchy 的浆果。两种颜色都正的不留余地，每每，都会在我白色的咖啡杯子上留下唇纹清晰的唇印。常常，我会盯着那些唇印，忽然，才思就泉涌了。

　　化好妆，再写作，让我知道，一个美丽的女人在做美丽的事情。

　　So，化好妆，再下楼遛狗；化好妆，再去买菜；化好妆，再下楼扔垃圾；化好妆，再开门收快递；化好妆，再给你的男朋友或者老公打电话；化好妆，再做你要做的任何决定。

　　看着镜子里的自己，你，知道自己可以有多美。

　　化好妆，再做任何事儿吧！

摄影：Sophia Gui

寻找爱情，其实是寻找自己，
瞎约会，是约不到自己的。

认识这个词吧，直接翻译过来叫"瞎约会"，哈哈，中文美化了
的说法叫做"相亲"。

你做过多少次这样的事儿？

被迫的？

被骗的？

被忽悠的？

还是，欢天喜地的？

呵呵，最后一个有点儿意思。不过，若真的是拗不过父母相亲就欢天喜地地去吧，谁知道会发生什么呢！

其实，很多时候，我们误会了 blind date 了。

本来，blind date 的意思是跟不认识的人一起见个面聊会儿天，基本上是谈天说地，虽然确实是为了说不定能碰到意中人甚至步入我认为的神圣的婚姻的殿堂，但是，虽然目标明确，却未必要一蹴而就。但是，现在，相亲好像变成了一相就亲、直接配对的婚姻游戏。我一个姐妹儿，形象气质佳，属于相亲桌上那种秒杀的女子，我们都亲切地叫她"相亲杀手"。可是，姐妹儿至今相亲不下百场，男友依然无影踪。以前一个相信爱情相信心动的好好的姑娘，如今，身经百战，可以在十秒钟内判断出对方的家庭背景、职业概况、收入情况以及基本的兴趣爱好，整个一个人精儿啊！到了后来，她自己都说，与其说是她去相亲，倒不如说是去满足爸爸妈妈的一个愿望。实在无聊，她就给来相亲的哥们儿支招：你应该找一个小鸟依人没脾气的、你适合找一个大你一点儿给你拿主意的、你不应该找那么活泼的，太闹腾以后你肯定受不了……再后来，她开始撮合她的相亲对象和她的朋友同学或者师妹们，到今天，居然也成就了四对小鸳鸯，还附带着有了两只小小鸳鸯。她倒是乐在其中，她父母自然气愤异常。

我们经常问她，真的百十号人，一个都不行，她的答案还挺有代表性的。

她说：也不是说这些人有多不好，只是，当你因为 blind date 这个理由坐到了那张桌子旁，你的整个人整个心好像就瞬间凝固了。你不再是那个活泼开朗乐观大方能干精明的白骨精，直接变成了一块摆在了鸡鸭鱼肉样样齐全的菜市场的猪肉，自己都不知道自己究竟是猪头肉还是猪口条或者只是猪下水而已。那种感觉，糟透了。然后，你看到了一个大头伙夫走了进来，掂量一下你有多少沉重、左看右看挑挑肥捡捡瘦、然后再讨价还价一下，你好像看得出这大头伙夫中午刚刚吃了二斤猪头肉、还能闻到他吃猪头肉的时候一块吞下去的蒜、再打个嗝还能隐约体会到牛栏山二锅头的余味。

第一次听到这个说法，一班姐妹都觉得怪恶心的，相亲这事儿被她说的。但是，后来各自都开始被迫或者被忽悠相亲的历程之后，发现还真的找不到比她的说法更贴切的了。

　　一下子，想起了大学时代看过的一部电影，叫做 Coyote Ugly，电影情节并不清楚记得，却莫名地记得电影里酒吧的一个舞女对这个词的解释。那个酒吧的名字就是 Coyote Ugly，舞女说，有的时候，你在酒吧遇到一个人，喝了酒，聊了天，你觉得，哎呦，这个人真的不错。于是，你带他回了家，不省人事，一番云雨。早上起来，你忽然发现身边躺着那样一个难看的男人，一身酒气，就那样赤裸裸地躺在那里，一瞬间，你感觉恶心感觉厌恶，对那个男人，也对自己。你跟自己说再也不要这样，可以，却似乎总是经历着相似的故事，难以摆脱。

　　姐妹儿的描述跟《女狼俱乐部》里的说法，不谋而合，一个上个世纪的舞女、一个新时代的白骨精，女人，对于男人，总是、总有各种各样的期待，然后，带着这些期待，通过各种各样的方式，去寻找那个符合自己期待的角色。一直找不到，就起了急，开始相亲，以为这是捷径。殊不知，人在捷径上，都是不正常的。或者说，捷径本身都是不正常的。当然啊，高铁速度肯定快，所以 4G 基本没有，有个 E 能上个微信就不错了，对吧！您享受了速度，不能再要求网络信号也强大。想要信号稳定，走普通公路做绿皮火车啊！你着不起那急、耽误不起那功夫儿，对吧！这就对了，凭什么有捷径啊！本来就是 2 年才能完工的活儿，您非要 9 个月完工，那就豆腐了呗！欲速则不达。捷径，大都如此。看看美人鱼，不就一着急，只能在故事里流血哭泣嘛！

其实，我也不反对相亲。只是，咱能不能都慢点儿，就慢一点儿。第一回，兴趣爱好小学初中高中大学祖宗八代房产车子都说完了，那以后说点儿啥呢？总得留点儿东西吧？总得先展开一个人类和另一个人类之间最基本的最正常的沟通和交流吧！然后，咱再想聊点儿别的就聊点儿别的，不想聊就算了呗！一面定生死！皇上选秀还一轮一轮的呢！咱得多着急啊！是吧！

所以，我不反对相亲，但是，若是你自己或者是对方如狼似虎恨不得不第一次解决问题就对不起自己，那还是算了吧，我们，没那么着急。

无论是男人还是女人，我们都不是猪肉，摆在菜市场，可以随便捏一捏瞧一瞧，套用经典的那句话：非诚勿扰。

三十岁以前别结婚?

摄影:Sophia Gui

当你行走在路上，
你永远不会老去。

　　这是最近还挺流行的一个说法，很早就在微博微信上看到过，还以为不过是网络红人发明的另一个挺押韵的说法而已。后来，经过闺蜜的介绍，才知道那是一位美籍女华人写的一本自传类的书。对 paper book 情有独钟的我，直接网上订购，第二天送到，当天读毕。

　　第一读后感：还是挺爽的。

　　大家活在这个世界上，都是在某种程度上寻求着认同。你是如何选择你的闺蜜你的朋友呢？你的朋友里也许有一个对你一直攻击一直打压的坏人，但是，那是建立在你们相亲相爱和相信的基础上的吧！否则，没有人会交往一个自己无法认同也完全不认同我们的人，对否？这个原则是没有男女之分的哦，获得认同，是我们存在、幸福的存在的很重要的一个方式。

　　这本名字叫做《三十岁前别结婚》的书，就给许多三十有余或者即将踏入三字头的女子们一个大大的认同。可不是嘛，小时候经历了移民二代的歧视和苦难、自力更生做生意甚至还在美国从了政、找到了帅气的美国老公，还儿女成双，在我们看来，这都是完美生活的标志啊！她曾经担任的最高职务大约是市长还是副市长之类的响当当的职位呢！这样一位女人，傲娇而自信地对世界宣布：三十岁前别结婚！她这是为全球女性尤其是结婚问题被七大姑八大姨夫都关注不已的中国女性提供了一个活脱脱的光辉样板啊！看，人家，人家都是三十多才结婚的！虽然你的老爸老妈根本不知道她是谁，其实你也不太知道，但是，这样一个光辉形象，还是带给了你无限的希望和力量，至少，你已经有一句众人皆知的名言来应对众人的"关心"：三十岁前别结婚。

　　真的吗？

三十岁之前不结婚吗？

三十岁之前结婚是灾难吗？

哦，我亲爱的们，当然不是这样了啊，你的人生如何，是由你这一路走来做出的各种各样的决定构成的，每一个决定——无论大小都对你的人生有着这样或者那样的影响，也都让你的人生走上了这样或者那样的道路。结婚，不过是其中一个决定。只是，这的确不是一个小决定，也不是可以轻易修正的决定。它的深远影响和深刻意义，只有在走到了人生的尽头，也许才会有所感悟。然而，人生，有趣的部分是，无论到了任何时候，你都没有办法知道如果当初你做的是另一个决定，你的人生会是什么样子。如论你从什么时候开始决定改变，你都不是在当初那个时候做的决定，结果，自然也就大相径庭。Anyway，每一个决定都值得你认真对待。结婚这样的决定，有过之而无不及。

让我想起写这篇文章，不是因为什么加州的那个城市的华人高官，而是，我年过半百的妈妈，在前几天跟我聊天的时候，忽然深情地注视着前方，然后转过头，对我说："女人啊，三十岁之前最好别结婚。"

各种惊叹感叹和其它叹。

我的妈妈也算是大家闺秀，又受过高等教育，双鱼座，自然观点与时俱进，常常语出惊人。对此，我姐姐和超生的我从不诧异。但是，做妈妈的，总是希望女儿早日成婚早日生儿育女。尤其是美女姐姐风光出嫁之后，我总是觉得她那双眼睛开始终日在我的背后旋转，事实上，姐姐出嫁后，我就没有像以前一样想什么说什么动辄嚷嚷"明儿我结婚了啊"之类的胡言乱语了。因为，有压力。

无形的压力。

进而，老妈，居然给我大赦：三十岁前别结婚！

这个可以啊！

为什么，美女？

犯贫永远是避重就轻的最佳方式。

美女妈妈完全忽略我的语言技巧和天赋，自顾自地说：

真的，这女人啊，三十岁之前就不应该结婚。你看，大部分女孩子，6岁上学，一直到18岁，上了大学，才算不在父母身边，开始自己生活，才有了所谓的生活的概念。然后，大学校园里，谈了恋爱，感觉挺好，聊得来也长得帅，行，那就结婚吧！一结婚，家里老人一催，行，那就生了吧！就这样，一辈子该干的事儿就干完了，没一件事是自己想的自己定的。等到抱着孩子喂奶觉得累，直个脖子伸个懒腰的时候，忽然发现，岁月都没了。感慨15秒，接着喂孩子。路上看到同龄的未婚少女——理论上，未婚的都叫少女，已婚的则都是少妇，对吧，嘻嘻（这是我生生为了停留在少女的队伍里硬加上的）——身材窈窕生活丰富夜夜笙歌吊带短裙细高跟，只能黯然一下，然后该干吗干吗。

妈妈不是说早结婚不好，结婚特别早的那些都身材恢复得特别好，根本跟姑娘看不出区别，还有孩子生完直接扔给姥姥的，更简单。但是，还是不一样，有几个女人真的能生了孩子自己心都不操啊！这女人，一操心，面相就不一样了。关键是，太年轻结婚，找的老公都是同学，大家在一起的理由就是喜欢，真的脾气秉性生活习惯完全不了解。这男同志——好吧，中老年人用语——三十岁之前就是孩子，不对，一直都是孩子。二十七八，你弄出一孩子，甭管之前怎么说有我妈你妈我爸你爸，最后，孩子都是亲妈的。可是，孩子也生了，婚也结了好几年了，能怎样？就过呗！

哎……（沉默两分钟）所以啊，这女人，三十岁之前不能结婚。上个大学，读个研究生，找个工作，努力工作努力赚钱，业余时间，有空的话就交个朋友谈个恋爱，最好，多交朋友少谈恋爱，几个好朋友经常出去旅游，看看这个世界，了解一下世界上有多少不同的人不同的语言不同的风景不同的习惯，去试着丰富自己的生活，可以锻炼身体可以偶尔熬夜可以参加各种不同的俱乐部可以想干什么干什么，只要在保障安全的前提下，可以为所欲为一下。不是说读万卷书行万里路，不能直接读书然后毕业了工作只工作，然后就进入另一个家庭了啊！哦，小时候父母家、大一点儿学校、然后单位、然后另一个家庭，这样哪有时间和自己相处啊？哪有时间了解自己啊？女人，需要时间长大，需要阅历才能成熟，长大了成熟了之后才有可能了解自己到底需要什么。

太多小姑娘找对象——好吧，对象这个词……都凭一时高兴，这样不对。找对象是找对象，喜欢就行。你要结婚过日子，那不一样啊！谁洗碗啊！谁擦地啊！找阿姨！那都不靠谱，阿姨还给你洗内衣内裤啊！对啊，重点不是家务，是双方对彼此对自己对婚姻都没有正确的认识。为什么啊！太小，太不懂事。喜欢的人多了——哈哈，这倒是，我同意——你一个如花似玉的姑娘，大小伙子哪个不喜欢？可是娶回家好吃懒做或者见天儿撒泼耍赖谁受得了啊！你一个大小伙子高大帅气还温柔体贴，那个姑娘不喜欢啊？可是，真的结婚了还天天打电话一天几十个短信还管接管送早上给你买早餐？有几个啊！你爸还行……总之，太年轻，根本不知道自己要什么。

　　姑娘，为什么结婚啊！你别说我俗，嫁汉嫁汉，穿衣吃饭，这女人嫁男人，都是有所图的。男人娶媳妇儿也一样。再国色天香沉鱼落雁也有看腻了的时候吧！那都没用。这女人，本来就不经老。那找个什么样的男人呢？你大学刚毕业，什么都不知道，只知道喜欢，就结婚了，喜欢能喜欢多久啊？肩不能抗手不能提家里家外一点儿不管，一个礼拜，你就不喜欢了。所以，这女人，不能太年轻就结婚。自己好好玩几年，美几年。然后，想明白，自己要什么。实在懒也不聪明，没有办法在职场上出类拔萃，就找个年纪大的老公，能力比自己强，耐力也比自己强，既然自己不能叱咤上场，那就干脆在家相夫教子。每个人都有每个人的特长，没必要大家都去做一样的女人、嫁一样的人。那你要是自己想做女强人，不能受气，必须你是女王，那就找一个小自己一点儿的，比自己弱一点儿的，起码，能听你的话。你弄一个中年精英，你成天跟人家颐指气使，谁受你的气啊？！对吧！所以，先自己摸爬滚打一阵子，在社会上走过了、了解过了，知道了人的脾气秉性、也知道了自己的脾气秉性，然后，根据自己的性格脾气特征需求再去找合适的人，这样的婚姻，才稳定。

　　并不是说，适合的就一定没有感情。自由恋爱还是必须的，但
是，如果分明不是一路人，但是，就因为一时的冲动非要往一块
凑，结果肯定很清楚啊！要么将就凑合，要么一拍两散。现代人
跟过去的人不一样，光靠责任感道德约束没用，光靠喜欢也没用。
一个太客观、一个太主观。婚姻，是两个人的事儿。两个东西粘在
一起，靠什么？胶水？哪个国家的胶水能一粘就粘一辈子？中间得
有松动吧？怎么办？得加胶水。两个人呢，也需要这个胶水。不
过，不是什么道德啊婚姻法啊，那就没意思了。那是什么？需求！
（我愣住）对，就是需求。就是两个人身上都得有对方想要的东西，
那才能长久。

　　那你有什么呢？你有想要的你没有的，但是对方有的呢？你身上
有什么人家想要的呢？对吧，这些事儿没想明白，结婚也白结。所
以，归根结底，女人不能结婚太早。嗯，三十吧！三十岁，比较合
适。三十岁以前别结婚，三十岁之后再认真根据需求和自身特征谈
恋爱，好好谈，然后结婚。然后甜蜜和磨合一两年，三十五岁之后
生孩子，大家都成熟了，也都知道自己想从对方身上得到什么、又
能给对方什么，嗯，这样比较好。

　　老妈继续向前，朝着菜市场大步流星年轻地走去，而我知道，老
爸肯定在门口等着呢。

给自己花钱

摄影：Sophia Gui

对自己更舍得吧，
因为，你值得。

经常从一个朋友那里听到关于她的一个朋友的故事，帅气得很。

朋友的朋友叫索然。虽然名字叫索然，人却完全不会无味。活体没见过，照片刷朋友的朋友圈见到过一堆，每张照片的衣服裤子裙子鞋子大衣包包乃至墨镜都是不一样的。米兰的打扮和巴黎的品味却又永远保持着自由独有的任何国家任何城市任何一个时装周都无法比拟的独特性。

重中之重在于，索然姐姐花钱如流水。

准确地说：花自己的钱如流水。

牛！

帅！

这个世界上花钱如流水的人不计其数，大多人如此，都是因为花的不是自己的钱。尤其是作为一个普通的女人——广义上的普通——能够对自己花钱如流水，真的是一件很了不起的事情。

也许是因为生理上的构造，也许是因为心理上的特征，女人做很多事情，容易想来想去左来右去。就拿购物这件事情来说，99% 的女人都是购物拥趸者，但是，直奔主题为了购物而购物的却少之又少。纵然是碰到了真正喜欢的东西，也会货比三家，再拿主意。在一次一次比较中，获得平衡之后的确认感，然后再出手。这是大多数女人的节奏。所以，我们基本上是先逛，看到喜欢的，比一下，然后看一下价签，觉得完全不靠谱的，绝不上身试穿，一面情不自禁或者懊恼痛苦；觉得价签上的那个数字挺靠谱的，就试穿，左看右看，然后货比三家，然后决定拿下或者放弃。

索然姐姐不是如此。

她买东西，首先看自己喜欢不喜欢。如果喜欢，试穿，远观，近观，感觉合适，再看价签。可以接受，立刻出手。不能接受，接着逛。

朋友说，她常常和索然一起逛街，发现乐趣果然不同。自己曾经放弃试穿很多衣服，因为觉得价签上的那个数字和这件衣服或者跟自己的心理价位并不一致，遂放弃。美其名曰，省的瞎耽误工夫。一直认为自己这样非常聪明精明又高效。可是，跟索然逛街之后，才恍然：自己一直竟然错过了那么多美丽的机会。

其一，许多衣服不穿在身上真的不知道是什么样子。挂在那里是一个样子，穿到身上很可能是另一个样子，而穿到自己的身上，则更是另一番风景。有时候，会诧异原来自己的标准身材居然也会让一件美美的衣服显得臃肿不堪，可是，更多的时候，会诧异自己原来可以这般不同。那些看起来并不鲜亮光彩的服饰，在自己年轻快乐的身体之外，竟然犹如镀了金的盔甲，和自己交相辉映。一件不同质地的衣服上了身，自己似乎也变成了另一个人，或者英气十足、或者楚楚动人、或者娇小可爱。每一件衣服，都让镜子的那个叫做"自己"的人儿，活分了起来，生动了起来。真的不知道，是试衣间的镜子独特灯光别致，还是，自己竟真的有着许多面。忘记了价签的女人，更多的是在看衣服，看自己。心里想的不再是价格高不高折扣多不多划算不划算，而是，这件衣服让我呈现出了一个让我自己更喜欢的状态。

那一瞬间，镜子里的自己不是家庭主妇或者青涩大学生，不是办公室白领或者独立 SOHO 族，那一瞬间，镜子里的那个自己就是一个女人，一个风情万种的女人，一个纯粹的女人。心里算计着价钱担心着折扣和心里只有美的女人，是完全不同的，那是一种怎样的简单和快乐啊，自己竟然从来都不知道，自己竟然从来都没有纯粹地买过一件真正属于自己的衣服。

其二，总以价格为中心挑选衣服，一下子就把自己限制在了一个数字和一个数字之间。女人买东西，有多少是理智的选择呢？当"性价比"这个词出现在时装界之后，女人就丧失了许多乐趣。一件没有试穿的衣服，四位数的价格会让你直接把它放回衣架。可是，试穿之后，你会发现，无论是颜色款式面料剪裁，的确物有所值。这里的"值"不是传统政治经济学上价格与价值对称的"值"，而是，你心里的那杆秤。我们买东西，买的哪里是那个价格，分明就是买一个心里的合适和满意，对吗？

那本畅销的销售书里就说过，对于商家而言，你并不是要让消费者认为自己买到了便宜货，而是要让消费者感觉自己占了便宜。这中间有着本质的区别。便宜货往往因为廉价显得劣质，但是占了便宜却让心理上感觉"值得"，在维护了价格的同时也满足了消费者对品质的期待和对自己的定位。成功的商家在努力做他们的工作，而我们，则是他们心理学攻读下的"战利品"。那又怎样呢？大家各取所需。他们收获金钱的利益，我们收获了自己的满足。不要指望自己付出的金钱和购买的物品之间会有某种平衡甚至高度平衡的关系，那是马克思关心的事儿。你认为值得吗？你认为值得，你就去买——在你买得起的前提下。

朋友说，一开始，她也不适应索然的购物风格。很多衣服，试过之后，觉得很喜欢，可是最后，还是要看价格的啊！特别喜欢之后，又因为价格放弃，似乎感觉更加痛苦，早知道还不如不试，也少了许多痛苦。可是，索然跟她说，世界上，我们负担不起的东西，其实分成两种，一种是真的负担不起，另一种是经济上其实负担得起、只是心理负担上无法承受，如果可以分得清楚这两者的区别，痛苦就基本不存在了。

　　面对负担不起的东西，你可以直接选择忽略它们的存在，比如卡地亚的最高等级珠宝，比如爱马仕最贵的包包。但是，为什么要忽略呢？既然它们能够以我们负担不起的价格存在，一定有它们的可取之处和特别之处。面对那么美好的东西，为什么我们不去欣赏呢？再说，今天负担不起不意味着明天也负担不起啊，对吧！我买不下埃菲尔铁塔，但是，我可以在塞纳河边看着远处的巨人喝左岸的咖啡；我买不起故宫，但是，我可以每周登一次景山，将这世界八大奇迹尽收眼底；我买不起兰博基尼，但是，我可以在车展的时候和小兰同学一起拍下经典的照片。我负担不起的东西，一样可以让我快乐啊！我为什么要因为经济上的负担不起，让自己躲避这些最最美好的事物呢？刚刚进城打工的小妹就不能试戴卡地亚的钻戒？凭什么啊？真的买不起，还有假的呢，高兴一下，有何不可？！

　　更多的时候，尤其是对于已经经济自给自足的很多女人，所谓的"买不起"只是心理上认为"不值得"而已。我们又不是买玛莎拉蒂，不就是看看衣服买买小包儿，大家都是普通人，没有人非得天天去金融街购物中心。基本上逛街的地儿看到的东西，都是合理的吧！所以，就算再贵，能贵到哪里去？说白了，就是没有那么喜欢。真的碰到了真正喜欢的，总是难得放手的——完全没有自制力的不算啊！那么喜欢，为了让自己高兴，任性一回又怎样？我又不是花别人的钱？自己动手丰衣足食，三个月半年满足一下自己的欲望，有错吗？

索然就秉着这样的理念，买自己喜欢的东西，过自己喜欢的生活。在外人看来，她好像花钱如流水，其实，朋友说她发现，自己并没有比索然多攒了多少钱。她们都在美国公司上班，虽然索然的级别高一点儿，但是，收入的差距估计也就两千块钱。可是，自己好像一直抠着不舍着，应该家底儿殷实点儿，不过，全然不是。人家成天买自己喜欢的东西——在外人看来的"成天"——照样该出国旅游就出国旅游、该换车换车、该买房买房。可是，怎么人家就有自己喜欢的衣服穿喜欢的包包背，自己就好像过得那么拘束呢！

跟索然熟了以后，朋友直接扔出了问题：差不多的收入，你怎么看着过得那么自在惬意呢？

索然莞尔一笑：因为我舍得给自己花钱。

我没有不舍得啊？！

朋友解释。

索然再莞尔一笑：

舍得给自己花钱，有的时候，不是舍得花多少钱，而是一种心理上的舍得暗示。我买东西，先看喜欢，再看价钱。虽然，偶尔会有"哦，NND，太贵了"的感叹，但是，好歹知道原来那个样子自己穿起来很美，以后再碰咯！大多数情况下，我都会买到自己真正喜欢的、没有收到任何价格因素干扰的东西，换句话说，就是，我逛街，让我觉得我是心之所往，买的都是自己喜欢的。于是，一次又一次满足自己的愿望的成就感，让我更快乐更满足更喜悦。每一次购物，我都在满足自己，愉悦自己。买到手的任何一件单品，都是我真心的选择。这种满足感，和经过再三考虑价格平衡性价比之后才出手的满足，是完全不同的。这种满足感，更纯粹。也许，这是为什么在你们看起来，我对自己很大方。并非我挥金如土，那是作死啊，只是，我选择尊重了自己、满足了自己。这才是花钱的意义，不是吗？

对自己更舍得吧，因为，你值得。

摄影：Sophia Gui

我们每个人都是自己世界的中心，
但不是别人世界的中心。

别太把自己当回事儿

女人，别把自己太当回事儿，也别把自己太不当回事儿。

你皱了一下眉，就希望他明察秋毫，怎么可能？你心里想要一条施华洛的项链，就希望他在你生日那天拿出和你看中的一模一样的那条给你一个大大的 surprise，怎么可能？

不要太把自己当回事儿了吧！

　　我不是说不要把自己当回事儿，我的意思是不要把自己太当回事儿。

　　大家都是娇生惯养宠大的，虽说这女孩子家养的娇气些，但是，咱们是小主，人家也都是家里的小太阳。谁都有谁的喜怒哀乐，谁都不可能对别人负责、更不要说负全责。

　　我认识一个姑娘，长得不说如花似玉，但是，说话非常好听，就是那种正常声音说话也能让人酥到骨头里的那种软软的嗲嗲的。女生也许不喜欢这样的角色，但是，男人们还是非常受用的。关键是，她很不做作，开心生气大喊大叫都是那样嗲嗲的声音，且不说别的，仅凭这声音，就满招人疼惜。

　　但是，也是这姑娘，有一个毛病，就是特别把自己当回事儿，准确地说，是特别特别把自己当回事儿。说得理性一点儿，就是特别以自我为中心，而且，自己对此全然不知。她是那么的爱自己，爱到她已经没有精力没有能力去顾及别人的感受。

　　有一回，一大堆人约好了一起吃饭，她和她当时的男友一起出现。外面下着雨，所以，两个人进来的时候身上多少也沾了些水珠。这姑娘的男友表现得相当体贴，一进来就张罗着给姑娘擦水珠。可是，姑娘已开始嫌弃男友直接用手擦，弄花了自己的妆，之后又嫌男友带的纸巾不是她常用的牌子，用起来怪怪的。其实，这姑娘基本没淋到哪儿，也就那么一两滴肉眼可见的小水珠而已。倒是她的男友，估计是刚才给这姑娘打伞，半边身子都淋湿了。可是，这姑娘，除了用嗲得不得了的声音一直埋怨男友，一句知冷知热的话都没有。声音还是好听的声音，我对她的感觉却瞬间跌到了冰点以下。倒是身边的一个虽然没有甜美动听的声音、如花似玉的面容的姑娘，给嗲嗲姑娘的男友递过去一条酒店的湿毛巾，并用手指了指男生还滴答着水珠的头发。男生接过毛巾，眼里没有传说中的一见钟情的火花，但是，却满是暖意。

后来呢？

这不是狗血的肥皂剧，后来，嗲嗲姑娘的男友并没有跟那个给他递毛巾的姑娘在一起，但是，也没有跟他那个只有嗲嗲的声音的姑娘在一起。是啊，就算声音再好听，也不能每天只听声音过日子吧！日子还得一天一天过，需要的是你关心我一下、我在意你两下。你可以爱你自己、你可以特别爱你自己，我也可以爱你、我可以特别特别爱你。但是，你不能只爱你自己、只在意你自己，而且还要求我也只爱你、只在意你吧！我可以把你当回事儿，但是，你不能把自己那么当回事儿。一个眼里心里只有自己的人，从某种程度上，就不再是人了。

　　人，是一左一右两部分构成的，只有一个男人一个女人的结合，才能创造出一个完整的人。从人类的起源和发展就可以发现，我们和鳝鱼或者水母的区别是，我们是两个个体结合的产物，这也决定了我们彼此依附彼此依赖的本质特征。一个人和另一个人，总需要互相体谅互相关心吧！有一方付出多一点儿、有一方付出少一点儿，这都不是事儿。但是，两人儿在一块儿，一个全情投入、一个大方接受，就是一点儿回应都没有，谁受得了啊，对吧！

　　女人，的确，生理上弱势一些，需要男人的更多的关心和忍让。但是，什么事情都需要有个度。一旦越过了这个度，平衡就不存在了。平衡不存在，世界也就不存在了。而如果世界都不存在了，你还会存在吗？

　　所以，女人，不要太把自己当回事儿。喜欢你爱你才对你好，你才被疼才被宠才被当宝贝儿，学会领个情，然后适时地回报一下。投桃报李听说过吧？就是这个意思。给你面子的时候，你是天，不给你面子，你也就是个你，不是葱不是蒜，OK？

你有你的美

摄影：Sophia Gui

你不知道，
在你可爱的时候，
你有多美丽。

　　每个女人都有自己的美，有的美在妖娆、有的美在如水、有的美在 S 曲线、有的美在倾听。于我而言，跟男子的帅气或者勇猛相比，倒是生活中马路上随处可见的女人更容易吸引我的目光。那一个一个不同的女人穿着自己精心挑选的衣服、带着自己都没有意识到的表情、穿着高高的高跟鞋或者随意的回力跑，更能够吸引我的眼球，总是让我驻足观看。越看，就越发现，女人，真的是因为可爱才美丽。

　　年轻的时候——大学毕业之前——总认为美丽的女人才是美丽的，而对美丽的标准也因为国际化惊人的相似：白皮肤、大眼睛、长睫毛、尖下巴、水蛇腰、长细腿儿。哦，对，还有一水儿的标配的乌黑亮丽的头发（见刘德华早期广告）。不符合这些，顶多是可爱啊长得不错啊等等其他的评价。就这样，能被我称之为美丽的女人少之又少，自己都被生硬地自觉地排除在外。

　　慢慢长大，自己的性情模样都在慢慢地发生变化，认识了更多的不同的女人，看到了越来越多的男男女女因为这样或者那样的原因在一起不在一起，面对种种，我对于"美丽女人"的定义慢慢地发生了变化。原来以为，男人都喜欢美丽的女人，越是美丽的女人，越容易吸引男人，也越容易获得幸福。可是，后来却发现，不光男人喜欢美丽的女人，女人也更喜欢和美丽的女人相处。毕竟，人类对于美好的事物都有着无限的向往和渴望。但是，我对美丽的定义却发生了越来越大的变化，其实，并非明眸皓齿的才叫美丽，那叫做漂亮或者长得好看。跟美丽，真心不是一回事儿。

　　对于女人而言，美丽的存在有着成千上万种不同的形式。你不一定需要有大眼睛长睫毛，也不一定要大长腿小细腰，但是，你一定要有可爱的个性。可爱，对于成为美丽的女人的贡献和持久的贡献，远远大于其他任何一个因素。面容会随着时间的消逝而褪色、身材会因为年龄的增长而变形，但是，可爱，不会。随着时间的消逝、年龄的增长，你身上的那种可爱只会因为岁月的推移，而显得更加难得可贵。二十岁的你，看到蝴蝶会嬉笑着追赶，会让人感叹年轻的活泼；五十岁的你，看到蝴蝶，仍然激动地仰望，则会让人感叹人生的美好。二十岁的你，对于男朋友的迟到，可爱的一笑而过，会让男友心生歉意顿生怜爱之心；五十岁的你，对老公的错误，可爱的开个玩笑替他遮掩过去，会让你的老公心生暖意想拥你入怀。

可爱，不是一种样子，而是一种生活态度；可爱，不是一种性格，而是一种选择。你选择了可爱，就是在用可爱的态度对待生活中的每一个人每一件事，生活中的那些人那些事儿也会因为你变得可爱起来。无论你是十九岁，还是五十岁，请你可爱吧！可爱地笑一笑美好的事物，也可爱地笑一笑无奈的事情，你不知道，在你可爱的时候，你有多美丽。

说谎

摄影：Sophia Gui

我们每个人都做不到不说谎，
谎话就像呼吸，
对我们来说必不可少。

很多女人都说：我最接受不了的事情就是他跟我撒谎！

为什么呢？

你真的接受不了的是撒谎这件事儿吗？

你不撒谎？

从来不？

你说他好帅的时候，真心地觉得你口中的帅跟你说乔治布鲁尼的帅是一个概念？你在亲热时说他最棒的时候，真心地觉得他是交往过的男友里最让你销魂的那一个？

也不必然吧！

所以，亲爱的，不要只许州官放火、不许百姓点灯。虽然我们是女的、有我们的特权，但是，差不多就行了。没有谁真的能做到言必行、行必果，就算你是那个不可能当中的可能，你也不能要求别人跟你一样。你觉得这样活得不纯粹了吗？就现在这天儿，北京的雾霾动辄就 300 起，空气都无法那么纯粹，谁还能真正纯粹地活着呢？有人说，撒谎只会把问题复杂化，因为一个谎言需要千万个谎言去掩盖。现实生活中，哪有那么复杂？一个谎言，无伤大雅，说完了用完了，皆大欢喜，这事儿就过了。哪里还需要成百上千个别的谎言去弥补呢？

我有一个非常纯粹的女朋友，号称从不说谎，当然，这个从不说谎的说法从相对论的角度而言就是根本不成立的。但是，我们先抛下理论，她确实跟男朋友不太就她的过去以及她身边的男的朋友这两个问题上撒谎，她认为：女子坦荡荡。这样的诚实才交往得纯粹，自己也没有心理负担。所以，每次她交男朋友，都会把自己的过去交代得一清二楚，说不是为了别的，只是想要开诚布公。作为女人，我是不能理解的。我的意思是，我就不希望我的男朋友在我面前细数自己的各种前任，跟我有半毛钱关系啊？！我记性又好，他再说点儿美好的让我从他眼中看到对过往甜蜜的回忆，闲着没事儿给自己添堵。但是，既然他们两个相安无事，那就证明那是适合两个人相处的模式呗！千金难买人乐意。

有一段日子没有联络，女朋友再次出现在我面前的时候，一脸不解。我也没有多问，如果她有话要说，自然自己会说。否则，问也是多余。

"你说，这男人跟女人是不是特别不一样啊！"

这显然不是问我的问题。

"上个礼拜我们一起出去，碰见一个姑娘，他们两个看起来怪怪的。回家我就问，什么情况啊，好像很尴尬之类的。然后，他就跟我开诚布公啦！说那他第一个女朋友，高中就是同学，一直好到大

学快毕业，后来，那姑娘去了新西兰，两个人就被迫分开了。一直
都没有联系，都不知道对方在哪儿。上周才第一次见，那么多年，
觉得她还是那个样子，而且，后来简单聊了几句，才知道对方还单
着之类的。他说的时候，其实也没什么特别的感情色彩，但是，那
语音语调总还是带着些许遗憾和感叹。我也知道这也正常，毕竟是
初恋啊，对吧，谁能忘了初恋呢？他也说过自己的初恋，但是我从
来没问过细节，他也没说过。我后来就问他，你干嘛跟我说这么详
细啊！他说，你不是觉得什么事儿都实话实说比较好吗，我觉得，
既然你都跟我实话实说，我也没什么要隐瞒的啊！虽然当时特别痛
苦，现在也觉得有点儿遗憾，但是，现在我们在一起啊，我很幸福
啊，等等等等之类的。其实后边儿我都没怎么听，怎么都觉得特别
别扭，虽然我知道什么事儿都没有，但是，坐在他对面，听他滔滔
不绝地讲他的过去，总是让我……不舒服，特别不舒服。其实，我也
没那么感兴趣，这事儿跟我也没什么关系，他完全可以不这么事无
巨细、说了小谎言打个岔就……"

显然，说到这儿，她自己愣住了，我也愣住了。

她是"不撒谎"的忠实拥趸者和执行者。

可是，男朋友的"不撒谎"显然让她不舒服了。

"亲爱的，其实，我觉得，诚实和撒谎并不冲突。"我给她冲了杯绿茶。"我冲的绿茶最好喝。"我笑着说。

她接过好看的杯子，好看地笑了一下。

其实，我们都知道，我冲的绿茶是好喝的绿茶，最好喝？呵呵！但是，这个时候，谁需要讨论这个问题呢？很多时候，撒谎不是撒谎，或者说，有时候，不实事求是并不等于撒谎，至少，不是恶意的撒谎。许多话，在一些人看来，是谎话，对于说话人而言，可能真的就是他的事实，或者，是他认为你需要知道的事实。我们都成熟到了可以判断一个人是好还是坏的年龄，那么，既然如此，我们选择一个人，就应该对这个人有了最起码的判断和最起码的信任。我们应该选择，相信在某个问题上，他这样表达会有他的理由和原因，会有他的判断和需要。也许，在一件事情上，他没有告诉你事实的全部或者隐藏了事实的部分真相甚至全部真相，大师，谁又能够说如果我们知道了全部事实，就一定是好事儿呢？这不是得过且过，也不是自欺欺人，而是，给对方最起码的尊重和时间。亲爱的，我们都相信，纸是包不住火的，如果真的有什么严重的问题，早晚都会曝露，又何必急在一时？而如果真的只是无关痛痒的小掩饰，怎么就不能得过且过呢？

太较真，对谁，都太累。

说谎这事儿，本来就是个技术活儿。不光是怎么说的问题，还有对谁说的选择。其实，从某种程度上，有人愿意跟你说谎，也算费了心思了。既然人家都好意思说谎，你怎么好意思不相信呢?！

吵架

摄影：Sophia Gui

大喊大叫跟人吵架只会让你青筋曝露，
那样，不好看。

　　民间有这样一个说法：北方人动手、南方人动嘴；男人动手、女人动嘴。

　　这个说法肯定是不准确的，但是，从某种程度上说明了一个问题，就是吵架这件事情是有地域性和性别性的。整体上，男性或者阳刚的群体，并不喜欢或者不擅长吵架这件事情。简单地说，女人跟男人相比，更喜欢吵架。

这里之所以用"喜欢"这个字眼，不是没有道理的。

女人，从生理结构上讲，语言功能发育得不仅比男人要早、也比男人要更加发达，许多学习语言专业的学生都是女生就足以证明这一点。而且，对于同一件事情、同一个问题，男人的首要目标是解决问题、处理事情，而女人虽然也希望解决问题、处理事情，但是在解决和处理的过程当中，她们喜欢用语言表达和交流的方式试图加速问题的解决。当然，这并非完全没有积极的作用，虽然很多事情，男人会认为过多的语言交流已经严重影响了解决问题的效率。而当问题解决之后，男人通常自然而然地默认，事情已经解决，所以，没有再提及和讨论的必要，但是，大部分女人却认为，事情虽然已经解决，可是，如果没有针对这件事情这个问题展开详细的讨论、进行细致的交流，那就不能保证同样的问题不会再次发生。于是，当男人兴高采烈以为可以放松的时候，另一场他们根本不擅长的更加严峻的斗争才刚刚开始。

这就是男人和女人的区别。这也是许多吵架真正的来源。

很多吵过架的情侣或者夫妻，都似乎不记得究竟什么才是吵架的初始原因，好像原本在讨论一个问题，但是说着说着就吵起来了，没有人知道是哪个步骤出了问题。事情之所以会变成这样，就是因为女人其实在寻找吵架的契机。哦哦哦，我让你生气了吗？又觉得我冤枉了你？你想说你只是想要把问题说清楚、根本不是要吵架对吧！

Come on，我也是女人，我还是个非常非常爱说话的女人，我怎么会不理解女人们急切地想要把自己表达清楚的欲望呢？

但是，且不说清楚地表达自己的想法需要强大的语言功底和教育背景，纵然你可以做到清晰明确毫无歧义地表达了自己的想法，想要另一个个体按照你的期待、去接收并且理解你的所有想法根本就是不可能的幻想。理解"万岁"。谁能"万岁"？No one。所以，理解是不可能的。

你是知道这一点的，你明知道就算你掰开了揉碎了，你们的谈话都没有办法达到你想要的那个结果。这一定不是你第一次尝试，对吧！你之前已经试过无数次，屡次未果，那么，你还屡败屡战的目的，除了是挑起另一次吵架、还有什么呢？明知道会吵架，为什么还要那么做呢？因为，你想要从吵架中获得自己想要的东西，一种胜利、一种认可、一种服从。当然，大部分情况下，我们的说法是：我只是想要你理解我。亲爱的，他们无法理解我们。我都无法理解你，当然，很多时候，我也无法理解自己。这个要求太高太虚幻。如果你只是想要对方理解你，那么，你也先理解一下对方。两个人出现了一个问题，决定一起解决这个问题，经过齐心协力，问题成功解决。OK，现在就应该皆大欢喜。继续讨论的意义是什么呢？尤其是你认定对方犯错的时候，你更喜欢在问题解决之后、在对方认错道歉之后，还要继续展开所谓的讨论，你高举"你不理解我"大旗，理直气壮地将对方逼进死角。这叫得寸进尺。这也是许多激烈的吵架的根源。

其实，没有谁主观上非要吵架，能够吵起来，也的确是两个人的问题，大家都需要对此负责。但是，女人，更喜欢也更加擅长在言语上对男人进行攻击，而这又恰恰是男人很不喜欢的一种方式。一旦女人开始使用言语的先天优势对对方展开攻击，男人的自动防御模式就会自动开启。吵架，不过是分分钟的爆发。既然已经知道规律和结果，何必还执拗于此？知道一个道理是学识，践行一个道理是修养、是对自己和别人的尊重。

别吵架，有话好好说，是一项技能，也是一种选择。大喊大叫跟人吵架只会让你青筋曝露，那样，不好看。

摄影：沈彻

一个人的房间，想干什么就干什么。
但是，一个人的房间，能干什么？

一个人的房间

　　弗吉尼亚沃尔夫写过一本书，叫《一个人的房间》。表达的是女性主义思维和想法。在现代社会，女人更需要一个人的房间，最好，一个人的一套房子。无论大小、无论位置，只要一个可以让自己安静和自己相处的空间。安全感，归属感，自由感，还有尊重和距离。

　　其实，不光是女人，男人也需要属于他们一个人的房间，或者，至少一个人的空间。

　　但是，似乎，我们都不明白这一点。而女人，对于空间的理解，则更差一筹。

　　不知道为什么，女人好像与生俱来一种莫名的优越感，平时还好，在矛盾的时候，这种优越感往往就是致命的。很多时候，优越感是可怕的杀爱剂。因为优越感改变了原本应该平等或者对等的平衡位置关系，你在伤害他，也在伤害自己，更在伤害这段感情。对一段感情、一段婚姻，这是一种谋杀。

　　那么，如何避免让这种优越感杀死两个原本相爱的人的感情呢？

　　空间。

　　房间。

　　在情绪变得不可控制前、在优越感膨胀爆发之前，给自己一个房间、给对方一个房间，让情绪舒缓、让心跳平复、让原本将要脱缰而出的恶言恶语消化，在一个人的房间里，聆听自己的心跳、聆听自己的声音，感受自己的感受，纯粹的感受、跟他无关的感受。不要想他如何伤害了自己、只去体会自己的痛苦。让自己感受自己，让自己感受究竟是因为对方自己才受到了伤害、还是对方不过激起了你的某种负面情绪或者负面回忆，他不过在代人受过。就算，真的是他的言语或者行为伤害了你，你也要在自己的房间里，慢慢冷静，你必须知道：杀人不过头点地，得饶人处且饶人。不要太恶毒、太不留余地，无论是对男朋友还是老公，尤其是老公（当然，也不要太善良太没有原则，无论是对男朋友还是老公，尤其是老公）。

在你冲动的时候，你想不到这些，纵然想得到，你也做不到。所以，你要回到属于你自己的房间，呼吸，再呼吸，提醒自己：这个房间里没有别人，只有你自己。

你是个什么样的人？你想成为什么样的人？你要发怒吗？你要失控吗？不要去想他怎么伤害了你，只看着镜子的你自己，你生气吗？生气的你难道不难看吗？刚才在另一个房间发生了什么事情？他触怒了你？还是你在维护自己的领地？那么现在，你在自己的领地里，你还生气吗？刚才那个房间，是两个人共同的领地，是共享地带。这里，才是你的房间、你的空间，属于你自己的一个人的房间和空间。你会放松一点儿吗？在这里，没有别人，只有你自己。你需要的是看清楚想清楚，你是一个什么样的人、你想成为一个什么样的人。你是个开心的人，对吗？你是一个善良的人，对吗？那么，松下你握紧的拳头、松开你皱紧的眉头，现在，看看镜子里的自己，你好看多了，对吗？现在，你还那么生气吗？放松，你在你自己的房间，没有人会攻击你、没有人会侵犯你，你是安全的，你是自由的，你还那么生气吗？

你会发现，当你一个人在属于自己的房间或者房子里的时候，当你知道你完全拥有自己的空间占有权和所有权，当你拥有自主的能力和权利的时候，你是放松的，你是随和的，你是没有任何戒备和敌意的，这个时候的你，是纯粹的。那么，就保留自己纯粹的权利吧！然后，等你变回了自己，再走出自己的房间，走到两个人的房间。那个时候，你处理问题的态度，也迥然不同。你们的结局，也会迥然不同。

亲爱的们，你不是公主，你是女皇。公主需要人家伺候，女皇满足自己的需求。公主不开心会跟人倾诉、招人撒气，女皇不开心会先回到自己的房间、找到自己，然后冷静成熟地解决自己的问题。

亲爱的们，你需要一个你自己的房间，也给他，一个人的房间。

摄影：Sophia Gui

爱ta，就给ta自由。
爱一个人就像放风筝，
收起来的风筝线永远不会断掉，
但是，ta必将失去魅力。

严防死守

有的时候，我们一直在考虑，自己是不是适合对方的人，但是，我们似乎从来都没想过，对方是否是适合我们的人呢？

有的时候，一旦跟一个人在一起，就容易"高大化"对方，"妖魔化"自己。对方原本是个普通的男子，可是，和你在一起了，似乎全世界女人都瞬间对你的男人有了意思。你担惊受怕、严防死守。你想查手机看微信浏览通话记录了解他的行程安排。

你没事儿吧！

这样的你，谁都不适合！

这么严防死守，谁都受不了你。

他哪里好成这样，全世界的女人都会对他感兴趣？那么好，还会留到今天落到你手里！退一万步说，就算他出类拔萃人中之杰，你捡到了世界上最大的便宜之一！那这样守着看着就能让你们修成正果？

退一步想一想，当初你们为什么会在一起？当初他为什么会喜欢你？你们在一起了，他还是原来那个他。如果有人喜欢他，那么以前也一定有。以前他怎么处理和对待的，现在，他还是会怎么处理和对待。或者，因为他选择了你，他处理和对待的方式，会因为你的不同而有所不同：他会更加顾及你的感受。因为，你才是他的选择。可是，这个时候，有一点儿风吹草动，你就草木皆兵。你知不知道，在你拿起他的手机想要看里面的内容的一瞬间，你就已经不再是当初他喜欢的那个你了。

你变心了。

你不再相信他，也不再相信自己的选择。

我不查他、我不守着，他出事儿了怎么办？

不怎么办。

他真的要出事儿，你查不查都一样出事儿。

他那么优秀，我不想失去他！

所以，你就严防死守？

这样一来，他更容易出事儿。

有些男人，也许看起来很优秀，也许是他真的很优秀。可是，如果这样一个优秀的男人，在选择了你之后，又出了事儿，那么，他的优秀就从此跟你没有任何关系——如果你还会称这样一个三心二意的男人优秀的话。

男人不是守出来的，女人也不是。

严防死守，往往适得其反。

疑虑

摄影：Sophia Gui

当我们产生了怀疑，

离怀孕的时候已经不远了。

　　如果你已经开始一段感情，却不愿意公之于众——除非你是潜伏里的人物再世——否则，你真的应该 seriously 重新考虑这段感情是否应该开始或者是否会朝着你期待的方向和结果发展。人类弱肉强食和优胜劣汰的法则，让我们有一种可以被叫做第六或者第七感的东西，这种东西，叫做：疑虑。

　　当我们对一件事情有怀疑时，往往是中间哪个部分出了差错。有人会说，觉得事情不太对劲时，也可能是过分敏感啊焦虑过度啊不够自信啊等等等等诸如此类的问题，不一定是事情本身有问题啊！亲爱的 naive 小姐们，这个世界上哪里有什么"事情本身"？所谓"事情"和"问题"，完完全全都是两条腿一张嘴的人造成的啊！那些莫名其妙的感觉，也许无厘头，也许不准确，却一定对应着某个原因、某个不妥。倘若真的是万事俱备又有怡人东风，谁还会有什么顾虑？

　　我们在一个特定的环境中成长，我们从呱呱落地开始就接收着各种各样形形色色的信息，之后，我们做出无意识的下意识的有意识的和主观的反应。世界又根据我们的反应给我们不同的反应和反馈。根据世界的反应，我们再继续调整以适应，慢慢地，形成了今天的我们。每一个看似无心的举动、每一次貌似莫名的微笑、以及每一回无缘无故的担忧和疑虑，都是有理由的。很多时候，语言没有办法表达清楚这些举动和疑虑背后的原因，那并非语言不够强大，无力描述人类复杂的感情。是在其中的你无力表达，或者中文实在不灵，无能力表达。但这种表达力上的无法对应并不意味着它们都是空穴来风。

　　要不要带一件外套的疑虑，要么来自昨夜你被初秋凉风习习吹过的激灵，要么来自于磨叽天气的温度梯形；能不能顺利通过面试的忧虑，要么是你知道自己的班花也要去应聘这个职位，并且势在必得，要么是你明知道自己准备不够充分昨天还睡得特别晚，直到现在还头晕脑胀目眩神怡；今天的打扮够不够美的疑虑，要么是因为最近一直胡吃海塞，身材显然走样，至少小腹已经有便便之意，要么就是身上那件打折的时候买来的 Ochirly 其实并没有那么合身。

我们大都受过高等教育，就算没经过风浪也在韩剧日剧欧美剧中跌宕起伏过无数次，常识也好，知识也罢，其实我们很清楚地知道，什么情况下会出现什么样的问题，我们甚至还知道如何避免，至少降低这种问题出现的可能性。但是，我们通常选择，忽略自己的忧虑。因为，跟认真面对认真选择，进而打消我们的忧虑相比，听之任之，要来得简单得多。后果，却也严重得多。这有点儿像占自己的小便宜，终究，是要吃大亏的。

所以，下一次，当你有疑虑时，也许，你该停下来。

往往，你担心的事情，都会发生。

绘画：Sophia Gui

致小三儿

相思泪两行，
空欢喜一场。

珍爱生命，远离已婚男。

特俗一开头吧！

世界本来就是通俗易懂的流行歌曲，你以为每天茶花女见天儿多明戈啊！受不了那个，都是虚的。世界就是真真实实的大俗日子大俗戏。

所以，特别俗地说：珍爱生命，远离已婚男。

理由很多，特别多。但是，为了不那么俗，在进行到大俗的对话之前，咱先聊点儿别的小俗的。

其实，小三儿妖魔化和原配悲剧化貌似是现代生活中的典型模式。其实，小三儿没有那么妖魔，原配也没有那么悲剧。这不是给小三儿正名或者给原配泼脏水，绝对不是。估计这个世界上绝大多数女人，都曾经或者正在或者在不久的将来会是某个人的原配；而很多女人、尤其有几分姿色或者几分妩媚的女人，都会有过或者即将有被试图变成小三儿的可能性。原配应该是女人的最终归宿，但是，小三儿，谁都不喜欢。至少，在中文的世界里的这个词，包含了太多的附件含义和附加扩展意。英语不过是 lover 或者 mistress，听起来反而更浪漫而有味道。这么说话很大逆吧！可是，这也是事实啊！大俗事实。不是每个小三儿都是为了钱，甚至，大部分所谓的小三儿都不是为了钱。当原配才能把握真正意义上的财政大权吧，至少法律会赋予你这样的权利。很多小三儿，真心不是为了钱。相反，她们只是缺乏对爱情最基本的控制。

爱情是需要控制的。

控制爱情是需要力量的。

这也许是为什么所谓的小三儿都是相对年轻的姑娘，因为她们缺乏力量，尤其缺乏控制的力量——无论是控制他人还是控制自己，更不要提控制感情这种抓不着摸不到的东西了。

当然，这不是姑娘们义无反顾冲向已婚男的借口。

通常意义上，已婚男已经经过从追姑娘到追到姑娘到把姑娘变成娘的过程，他们经验丰富，知道女人何时疯何时狂何时需要暴力的拥抱何时需要温柔的安抚，所以，他们容易在不经意之间展露他们的魅力。当然，这都是原配们的功劳。越是原配蛮横无理的，越容易具备男性魅力，因为，他们早已处乱不惊知道如何进退。而年轻的姑娘们，正需要一个人在不被明示的情况下知道自己想什么思什么、知道自己什么时候需要温柔体贴什么时候需要男子汉味道。于是，一个内心期待、一个不经意流露，很容易一拍即合。

最开始，年轻的姑娘们会提醒自己，对方乃原配们的鞋子，自己实在不该上去踩一踩。也许，穿着它过得了河翻得过山，但是，早晚会被拿走。可是，太舒服了啊！这鞋子会伸缩啊！该大就大该小就小该硬就硬该软就软还会自动消失——需要的时候恨不能立刻出现、想安静的时候立刻消失。

重点是，已婚男人总是给年轻的姑娘们无限的信任：我相信你。K，这太致命了。对于刚刚恋爱的小屁孩儿们，男朋友的监督审查都是甜蜜的负担；但是，对于认为自己已经很成熟却根本连边儿都不靠的年轻的姑娘们、或者生理年龄似乎成熟心理年龄却依然韶华的姑娘们，一个男人深情款款地注视她、对她说："我相信你。"真的是致命的诱惑。他懂我！大部分姑娘都会产生这样一个错觉。可是，也许，他不过是习惯了不去在意已经成为孩子他娘的原配的行踪，只是自然地将这个习惯转移到你身上。毕竟，他有工作有事业有媳妇儿有孩子，吃过了正餐，甜点无非就解个闷，谁会跟甜点计较那么多。

可惜，年轻姑娘们不这么想。

一旦感情上有了倾斜，问题就严重了。更严重的是，由于大部分这样的姑娘、尤其是有知识的姑娘们，有着从小被灌输的道德标准和是非定义，于是，她们就是一直对自己和别人说：这是友谊、而非爱情。傻子们啊！这些文字的定义不过是文人哲人们需要陈述复杂概念时随便捏造的，哪里有四四方方的友谊和四四方方的爱情呢？可是，当姑娘们用世俗标准压制自己的感情，这种感情反而会迅猛增长。倘若大大方方，或者，她们会发现自己不过是沉迷于某种感觉，但是，压制却生生把一种无名的感情挤到了"爱情"的框框里。

遂，不可自拔。

可是，那是已婚的男人啊！再成熟再有魅力，你是承担不起后果的。觉得他真的爱你吗？相信我，亲爱的宝贝们，他若真的爱你，会在自己已婚的时候远离你，保护你不受世俗的攻击和原配的攻击；他若真的爱你，会为了你也为了自己的真爱自己的未来离开婚姻离开原配，而且不会告诉你，这样，才能保护你不受自责的攻击和内疚的攻击。一个告诉你他会离婚马上就离然后拥你入怀的男人、一个告诉你离婚是一件很复杂的事情不是一天两天搞的定，你需要耐心需要信任他的男人，你，需要的，只是，笑笑，离开。

男人和女人生理需求和心理诉求完全不同，我们不需要搞懂男人，因为我们是女人。任何男人或者女人写的那些至理名言，都是爱因斯坦相对论的一种变形，无非是描述了某个人或者某个群体对另一个人和另一个群体的猜测。有一些道理，你不需要知道来龙和去脉，有些道理，你只要选择相信、然后去践行。否则呢？否则，自食其果。然后，出事的时候，自己一边儿哭去。

所以，大俗话一句：珍爱生命，远离已婚男。

摄影：Sophia Gui

你连世界都没有观过，
还谈什么世界观？
那么问题来了，
谁没观过世界呢？

世界观：

男人和女人的世界，
你永远只能观到一半……

摄影 : Sophia Gui

分手

分手,真的是一个人的事儿。

其实,在一起是两个人的事儿,分手却是一个人的事儿。

但是,分手是一个人的事儿,离婚却是两个人的事儿。

这个道理明白了,生活中会省去许多困扰和麻烦。

很多姑娘到了分手的时候,喜欢刨根问底,类似于"为什么你不喜欢我了"，"是不是我哪里不够好"之类的问题。可是，姑娘，想过没有，当初，人家疯狂追求你的时候，你是不是也追根究底地打听人家为什么喜欢你呢？是不是人家说一句"因为你是你啊"就美得乐不可支、小鼻涕泡出来了呢？那个时候，你是不是认为自己太出色太优秀了，才得到了他的青睐呢？你曾经那么坦然地接受了他对你的殷勤和好，那么，可不可以就像当初坦然接受他的追求一样，同样，坦然接受他的放弃和你在一起的决定呢？

　　做出和你在一起的决定的是他，做出和你分开的决定的人，还是同样的他。你还是你，他还是他，大家都没变，为什么分手？没有为什么。昨天我去簋街吃了60只麻小，并不意味着，今天我还必须去吃；就算我还准备去吃，我也不一定还去天一阁，还叫60只8块的。我随时都可能改变我的主意。这是我的权利。我不去天一阁，并不证明它不是我的最爱，我不点8块的也不是因为8块的麻小不可爱不美味，只是，昨天吃的也许太大只，所以今天我想吃5块一只的。因为，我只是想吃那个辣辣麻麻的味道，而不是一大坨肉。过了一星期，也许我还会吃8块的，也许我改吃12的了。在我认识的所有人中，我没碰到过一个比我还热衷于麻辣小龙虾的主，但是，纵然如此，我也接受不了天天吃、周周吃。我曾经痴迷过，以平均每天50只的频率坚持了一个月，但是，太单调了啊！幸亏麻小们不会从泥潭里跳出来质问我为什么，否则我该多么尴尬！

呵呵，你明白了我的意思了，对吧！

　　有人说，很多事情，没有为什么。其实，我倒觉得，大部分事情，都有为什么。有些所谓的不可言传或者说不清楚的理由，要么是当事人没有理清楚自己的思路，要么是当事人的语言表达能力实在有限。这些，并不意味着事情本身没有理由。任何一个选择，任何一个决定背后，都有着它存在的必然的理由，而这个理由，显然是作为更加高级的物种的我们赋予的。但是，理由的存在是逻辑学的事儿，跟我们不见得有关系。比如在分手这件事情上，知道了对方跟自己分手的理由，是因为他发现了一个他认为更加适合自己的人，可这又对我们有什么帮助呢？或者，对方表示，之所以跟你分手，是因为你动辄大惊小怪，什么事情都喜欢打听什么事情都喜欢参与，让他觉得自己的私人空间受到了侵犯，你又能怎样呢？

　　第一种情况，你会愤怒地说，这种朝三暮四的男人，不要也罢！可是，变心这件事儿，怎么说呢，人之常情，不是吗？对于美好的事物，我们都有着不可抑制的渴望和向往，对吗？为什么帅哥美女或者气质明星多的影片，有更高的收视率？因为我们想要看到美好的事物。他有女朋友了，不能喜欢别人，这不道德？well，从道德伦理角度上说，的确如此。可是，喜欢一个东西本身，是不太受控制的。发乎情、止乎礼，对吧！发的是自然的不可控的情，这一部分非人力可改变。但是，有了情，可以不去行动。就好像，热爱麻小是我的真情所在，实在不知道如何控制或者改变（事实上我也不想控制或者改变），但是，我可以控制自己不要吃得太频繁，比如，一个星期一次。同样，喜欢一个人不可控制，但是，可以控制不去行动。那么，你希望你的男朋友碰到自己更喜欢的人，但是，出于道德伦理标准，压抑和隐藏自己的感情，坚持和你在一起，只是在心里默默地更喜欢另一个人？哪里有压迫，哪里就有反抗啊！而且，这样，对你，真的就是有道德了吗？这是赤裸裸的欺骗啊！这就是谈恋爱和结婚的区别，对吗？谈恋爱，是为了找到最终自己认为最适合自己度过终身的伙伴。经过多年的多次的尝试，最终找到倾心之人，牵手领证。如果，谈恋爱期间，在思想上，还要用道德论理之类的标准，才能把两个人拴在一起，那恋爱的意义又在哪儿呢？你需要的只是一个让自己过得去的理由，而不是他跟你分手的理由，对吗？无论他的理由是什么，对你而言，都不够充分，对吧！

　　第二种情况，你了解了分手的理由是你疑神疑鬼事无巨细早请示晚汇报的毛病，让对方决定跟你分手。然后呢？你决定改吗？为了他？你改得了吗？对于人是否能够改变这件事儿，从古至今，有各种不同的说法和调调。有人说"江山易改本性难移"，有人说"事在人为"，有人说"狗改不了吃屎"，有人说"没有什么事儿是不可能

的"。我们被给了这样或者那样的论调，许多人在亲身尝试之前，就
坚定地认为，改变这件事情是可能或者不可能的。其实，可能不可
能本身完全就是由你自己决定的。很人本主义吧！本来就是啊！世
界就是那个世界，四季更替，我们凡人哪里有什么发言权。但是，
自己的事情，总还是可以自己做主的吧！所以，能不能改变自己，
完全由自己决定。决心够大，自然可以实现。但是，因为那个已经
把你列为前女友的男人，告诉你在他心目中有哪些问题，你就会痛
定思痛痛下决定改头换面？我不信。

　　我的意思是，我并不是不相信你会改变，我是不相信，你会为了
一个把你当做前女友的男人改变。或者说，我不相信，你会因为任
何人而改变。你不是十几岁的小孩子，你知道自己的性格特征、个
性特点，如果你真的那么不喜欢自己身上的某个性格，你早就改了。
他又不是第一个指出来的人，对吧！如果他又碰巧是第一个指出来
的人，你还不一定信呢！所以，因为男朋友提出来，就改变自己的
事儿，我是不做太多指望了。也许，事情淡下来之后，你自己想明
白了，会采取行动，改变自己。但是，当时当下，且不说我信不信，
纵然你决定了改，也一定做不到。更不要说，当一个人为另一个人
改变时，往往抱着某种期待——致命的期待——比如他会因为我的改
变和让步，对我更好之类的期待。抱着这样的期待，无形当中又提
高了你对他和对这段感情的期望值。期望值越高……你懂的。

我们都希望自己拥有力挽狂澜的本领。但是，真正希腊传说中的英雄人物并不是随处可见的。许多事情的发生发展，都是一点一点、潜移默化的。发生需要时间，改变需要时间，量变到质变更需要时间。喜欢你也许是一瞬间，但是，决定离开你，一定是慢慢的。如果，你在对方下了想要跟你分手的决心之前，没能够明察秋毫、改变局势于无形，那么，当对方将事情摊到桌面上的时候，坦然接受吧！挣扎，是徒劳的。

任何一个人提出分手这样的事情，都不是愉悦的。他有他的想法和选择，无论，在你看来那个分手的原因是什么，都没有必要去纠结去纠缠，起码，你可以为自己保留笑着离开的权利和尊严（话说，君子报仇十年不晚，真的认准了他是你的真命天子，早晚可以夺回失地）。

因为，分手，真的是一个人的事儿。

是爱还是爱赢？

摄影：Sophia Gui

有时候，追一个人追得紧了，
只是因为想赢。
所以，当对方给你靠近时，
你却转身离去……

我一定要跟他在一起！

因为你爱他吗？

你能毫不犹豫地回答吗？

你能毫不犹豫地回答之后还坚定不移吗？

不能吧！

很多时候，人，不过是跟自己较劲而已。

虽然有时候，自以为较劲的对象是别人，其实，只是，不松开自己心里的一口气，不放过自己的一次看起来的惨败或者丢人；其实，只不过是，不忍承认，自己失去了一块再也无法收复的阵地或者一段永远无法逆转的时间。

亲爱的，你是爱他，还是爱赢？

许多人，在爱情里，玩的，是心理战。

好友 K，个性强，但是架不住长得好看。去年交了一个男朋友。在最开始的时候，男生被 K 迷住，鲜花美食玩具熊，无所不用其能。我们都没有觉得 K 有多喜欢他，虽然那是个看起来很可靠也很可嫁的男人。一来二去，K 也就从了他，二人自此成双人对，旁人看着倒也是羡煞不已。私底下，几个女友聚会时，K 谈起男友，态度基本上就是走一步看一步，我们知道她在自家姐妹面前，自然不会隐藏什么或者故意耍帅，从她聊起他的态度和语气上，明显得很，对他，K 也就那么回事儿。我们权当 K 不过是碰到一个条件很好对自己又好的男人，既然大家都空着，倒不如走下去试试看。两个月后，K 说，男友表示出了想结婚的念头，常常念叨着房子应该怎么装修、新房里正好有 K 喜欢那种开放的欧式厨房等等之类的事情，还总是"不小心"发生在和 K 出去吃饭的时候，碰到亲朋友好友之类的巧合。K 也没有特别在意，她本来就是兵来将挡水来土掩的主，更不要说，男生的这般诚恳，总是让人开心的。就这么的，在旁人看来，两个人似乎就慢慢走上了通往婚姻殿堂的康庄大道。

　　两个月后，K 哭丧着脸。形势不妙。姐妹们的作用基本上就是该说话的喋喋不休，该闭嘴的时候坚决一言不发。

　　后来得知，男友的一女同事，明知男友有了 K 这样一朵娇艳的玫瑰，还是奋不顾身奋起直追。而且，女同事乃一女大胆儿，上不怕天下不怕地，号称"反正你们没结婚"，短信电话肆无忌惮。男友是基本不回复信息不接电话，那架不住一直发一直打，就好像脚上的癞蛤蟆，不咬人，但是膈应人啊！K 对此非常不爽，但是，是男友的同事，男友又不好把女同事拉黑。所以，就经常在和男友约会时，忍着响个没完的电话和叮叮咚咚的短信。根据男友的说法，该说的我都说了。我也没办法。

这事儿，确实没办法。

以前，K 的各种追求者送花送礼物，K 不也没有办法嘛！但是，事情反过来的时候，感觉就完全不一样了。

我们说 K，您老人家不是没把人家特别当回事儿吗？那就，她追她的，你好你的。你们俩明显不是一个段位，跟那种跟屁虫较什么劲！

那不行！

事情是这样的：因为在 K 的心里，跟男友的这场恋爱本来就是有一搭无一搭，所以，当男友邀请 K 参加各种初中同学、高中同大学同学研究生同学聚会公司聚会和家庭聚会的时候，K 一水儿的拒绝。理由当然是丰富多样的，要不然，K 的男友也不至于总是安排各种"不小心"的偶遇，有 K 这样的女朋友，男友必然是想要公之于众的。可是，这样一来，除了那些偶遇的亲朋好友，大家对 K 都是久闻之大名却从未得见庐山真面目。

现在，K因为这个女同事，算是较上劲了。

年终，男友公司惯例的年会。K主动请缨，男友乐得不知所以。圣诞前夜，K黑色低胸吊带小晚礼，事业线中间还擦了粉底打了高光，阴影效果明显。惊艳全场是必须的，女同事本来也是精心打扮过了的，但是在明眸皓齿水蛇腰的K面前，哪里还有别人发光的余地。

第一轮，完胜。

男友骄傲得不得了。

双赢。

之后，凡是男友的公司大型活动，K都如数出席，郎才女貌的称呼久了，许多事情，似乎就变得自然而然了。

一个月后，男友手持Tiffany求婚。

K收了戒指却没戴上，表示需要考虑一下。

再一次，K 哭丧着脸。

姐妹们就得知道什么时候需要七嘴八舌。

遂，我们七嘴八舌。

这个男的多好啊，基本高富帅，性格温和体贴，不说百依百顺，也差不多啊。但是，K 不喜欢他啊，喜欢我们 K 的人多了去了，难不成喜欢我们的我们都嫁，嫁不过来了好吧！但是这哥们儿，两个月开始，就带着见同事见朋友见同学，真诚好吧！对啊对啊，而且，那女同事都追成那样了，哥们儿都岿然不动，当代柳下惠啊！我也觉得是，再说，那女的其实条件也不错……(降低声音) 当然了，跟咱们 K 肯定没法比 (声音恢复正常)，可是，也不是一般的小艳俗啊！我觉得，挺靠谱的。

得了吧！靠谱个 p！他要是让大家都知道自己有一个未过门的准媳妇儿，还国色天香的，谁还会拿热脸贴冷屁股？就是他自己不够检点！行了吧，现在哪个女的是善茬儿啊！再说 K 从来都不去他们公司的任何一个活动，谁知道她啊！就算知道，像他那样的男人，招人也很正常啊！问题不是他招不招人，问题是他找不找别人。没有吧！不错啦！是啊，家庭条件也好，房子也买好了，开放式厨房都想到了，多好的男人啊！

……

三个女人一台戏，我们，不算 K，六个人。

自始至终，K 都没有参与我们的热火朝天。

后来，K 还是和他分了手。

很久以后，K 告诉我们她当初分手的理由：

我是喜欢他的，要不然，我也不会和他在一起。但是，我应该没有那么喜欢他。的确，他高大帅气还健身，父母都知书达理特懂事儿，车房齐全，对我也好。可是，你们知道，有时候，喜欢或者不喜欢一个人跟这些事儿没什么关系。这些都是加分点，但是，前提是，我得爱他。可是，在我真正爱上他之前，就出了女同事这件事儿。我就急了，一着急，我就出动了。一出动，我们的关系好像就发生了质的变化。但是，问题是，我还没有做好发生质的变化的准备。可是，那个时候，就好像弓在弦上、不得不发。但是，我没想要发呢！我就问自己，怎么会变成这个样子呢？既然我还没有做好和他出现在亲朋好友面前的准备，我为什么要和他成双入对呢？我是爱他吗？是想要和他手牵手心连心吗？还是，因为别的什么？

最后，我想明白了。我不是因为爱他才那么做，我是因为爱赢。我接受不了别人喜欢他、或者他会喜欢别人的可能性，所以，我要打败我的对手。为了赢，我去参加他公司的年会，去参加他朋友的聚餐，但是，我做这些事情不是因为我愿意陪在他的身边、和他作为情侣出现在众人面前，我这么做，是为不让别人有机会出现在他的身边。位置就那么一个，我站在那里，别人，自然也就没有位置可站了。多可怕啊！如果我那么做，我也许会爱上他，也许不会，可是，我那么做了！我把他当成了我的战利品，我成功的标志，我赢了的象征。这样一来，我就永远没有办法知道我是不是真的爱他了！所以……

瞬间，我有点儿崇拜 K 了，不是因为她出于爱赢的心理去做了有点儿愚蠢的事情，而是，她意识到了自己的爱赢之心胜过了爱他的心，所以，她选择尊重自己也尊重对方。这时候的放弃，对两个人，应该都是最好的决定。

亲爱的，你是爱他，还是爱赢而已？

摄影：Sophia Gui

经济在发展，科技在发展。
有关结婚的理念真的也在发展吗？

他很适合结婚

这个男的不错啊，你见见吧！他很适合结婚。

在介绍人的嘴里，"他很适合结婚"俨然已经成为流行语。为什么会这样？什么样的男人叫适合结婚呢？

我们用社会标准定义一下吧：

215

适合结婚的男人，是指年龄和你相仿，具备一定的经济实力，比如车子房子之类的，精神正常，身体也基本没有大问题的，目前处在单身状态的男子。

这么说完，怎么忽然觉得那么没劲呢？

适合结婚的第一个标准，不是应该符合"结婚"这个大的前提吗？难道结婚的前提就是年龄相仿神经正常家境富足？而且这些还是最先被列为符合结婚的前提？那么，感情呢？个人喜好呢？志趣相投呢？这些，都不是结婚的标准吗？

不知道从什么时候开始，结婚好像变成了人生中必须完成的一门功课，无论你是学什么专业的，结婚都是你毕业的必修课。似乎，这门课程不合格，无论你其他的课程都多么出色多么优秀成绩多么遥遥领先，你都没有办法站到毕业证书的领奖台上，你只能在台下观望。时代在发展吗？经济在发展，科技在发展。有关结婚的理念真的也在发展吗？我不知道五十年前，人们如何评价到了所谓的试婚年龄却还未成家的男人女人、尤其是女人，在看似高度发达和高度进步也高度开明的今天，对于这样的人群，有着太多太多的称呼，而其中大都和"大龄"或者"剩下"有着各种各样的联系。多大为

大龄？什么叫剩下？亿万年的演化变迁中，剩下的是适者生存优胜
劣汰的成功者吧！可是，为什么面对这样一群暂时还未成家的姑娘，
她们的择偶标准就只能是找个"适合结婚的男人"嫁了吧呢？！

　　姑娘们，你要知道，这个世界上，没有适合结婚的男人，只有你
想要结婚的男人和你不想跟他结婚的男人。不要让这个世界弄丢了
你的评判标准，世界也许会给你建议和流言，但是，当生活不如意
时，世界还是世界，你是那个唯一守在自己身边承受一切后果的人。
既然，你是事情的主体，请你做自己的决定。

　　没有适合结婚，只有，想要结婚。

可怕的期待

摄影：Sophia Gui

生活，本该简简单单。

很多时候，期待是痛苦的根源。

期待，是一件可怕的事情。

尤其在一段关系中。

当期待占据了我们的大脑时，正常的思考能力和所谓的逻辑思维以及理智就都退居二线了。

理论上，期待这种情感属于正能量。按照时下的说法，期待美好的事情的发生，会激发我们对更加美好的生活的向往。当大脑对美好的未来做出期待性的规划和准备时，肾上腺的分泌和大脑皮层的刺激度都变得异常活跃。于是，我们变得兴奋、激动、活跃、甚至有些躁动。人类对于美好的事物，有着共同的向往和渴望。期待，让这种向往和渴望变得没有那么遥不可及，甚至，开始显得触手可及。

显得。

乔乔和男朋友一直神奇般地默契，默契地不可思议。在微信聊天里同时打出今天晚上想要去的餐厅，周末要去的景观；在乔乔想要吃夜宵时，男友会突然打包好 50 只天一阁的 7 块的剥好皮小龙虾，就如天降奇兵一样突然出现在她面前；乔乔刚给男友煮了梨水甜点，男友就电话说今天嗓子不舒服。都不是什么大事儿，只是，两个人理解对方的所有微表情，也能预见对方所有的小期待。

天造地设的一对儿。

第一次吵架和第二次吵架居然在同一天晚上。

乔乔决定带默契的男友见自己的一号闺蜜娜娜。

娜娜是乔乔的大学校友，大家专业不一样，却住在同一栋宿舍楼里。女生宿舍里的亲昵和争斗一样，总是莫名其妙地无所不在。娜娜和乔乔是只有亲昵却无争斗的一对真正意义上的闺中密友。

约在三里屯的 Must Guette。

乔乔和娜娜先到，点了非著名的牛油果大虾沙拉铁板鸡翅和小小狗拼，又在各种邮筒边搔首弄姿半天，默契男友才姗姗来迟。默契男加班来着，连轴工作十几个小时，还精神抖擞地赶来，乔乔幸福地一直笑着给男友夹菜。但是，不知道为什么，今天的男友似乎总是怪怪的。他也跟娜娜聊天扯皮，也给乔乔端茶倒水，但是，说不好哪里，乔乔就是觉得不对劲儿。幸亏娜娜开朗活泼的个性，永远不会让任何冷场存在，一顿饭也相安无事。送娜娜回家的路上，车里暗藏杀机。到了和平东桥，号称人肉 GPS 的乔乔说"该掉头了吧"，默契男开玩笑地说"这是东桥好吧"！转过和平西，乔乔说"这辅路设计得好奇怪"！默契男直接接过话茬"这有什么奇怪的"！

娜娜下车，乔乔开始不语。

默契男则一直莫名其妙。

送乔乔到了楼上，按照惯例，默契男会给女友按摩推油，然后一番雨云，然后幸福地各回各家各找各妈。但是，乔乔却生硬如僵尸，且面无表情，这对于一向微表情丰富的她而言，简直是破天荒。男友怒戏，二人试图交流，却屡试不爽。

从来没有红过脸的两个人，竟然无语凝咽。

奇怪吧！

一点儿也不！

当乔乔带默契男友出席朋友聚会时，她就已经 upgrade 了自己对男友的期待。之前，所有的默契，都是天作之合，没有一点儿人工雕饰。但是，在乔乔看来：今天，我带你见我朋友啦！还是闺蜜中的闺蜜！你都不受宠若惊欢呼雀跃吗？我们两个不是应该一如既往地默契十足甚至有过之而无不及吗？你怎么还玩手机还讲电话？你怎么不跟我朋友风趣幽默谈笑风生？你怎么也不像往日般在吃饭的时候对我深情款款两目情深？今天他发生了什么事情吗？工作不顺利吗？家里出什么事儿了吗？他爸爸妈妈是不是不同意我们来往？他不喜欢我了吗？带他见我的朋友给他压力了吗？是不是我这样太过主动好像在暗示或者明示他什么？他不喜欢我这个朋友吗？

......

当乔乔心里翻山倒海时，默契男在想："今天，真幸福。"

所以，对于后来的一切，默契男只是觉得奇怪和委屈，幸福甜蜜的一天，怎么就鼻子不是鼻子眼睛也不长在脸上了呢？

男人和女人本来就是不一样的动物。

女人，喜欢给自己规划各种各样的期待，然后，带着莫名其妙的期待，承受必然出现的失望。期待提高了现实的明度，夸大了差异的跨度。当期待代替理智，幻想代替顺其自然时，累的，不只是男人，还有，你自己。

并非乔乔的期待有错，只是，你可以告诉他，你开始期待了。也许，有些高，也许，有些不合时宜，只是，这个时候，期待就开始了。告诉他，如果他没有做好准备，让他告诉你。因为，一个人独自规划的不为人知的期待，往往会带来可怕的后果。倘若只是自娱自乐，画个大饼逗个乐，自然无伤大雅。若是，以你的期待作为评判对方的标准，那是要望山跑马累死了也无法修成正果的。

不要，让可怕的期待，毁了自然而然的爱情。

后续：

乔乔耳鬓私语地跟默契男承认了自己昨夜的莫名期待带来的莫名的躁动和不安，默契男居然默契地掏出 Tiffany 的小玫瑰彩金小钻戒。不大不小，正好套在乔乔的左手无名指上。

"该把你喂胖点儿，这样，戒指就永远摘不下来了……"

拥吻。

The end.

摄影：Sophia Gui

不要假装喜欢我，
我会当真的。

虚伪的关心

三年前，我在美国生活和工作过一年。当时，我的感受是："k，他们也太冷漠了吧！"没有人关心你多大、你多重、你心情好不好、你是不是有男朋友。除非是特别特别要好的闺蜜，否则，很少有人会问你：你没有男朋友啊？你还没结婚吗？理由很简单，他们认为，那是你自己的事儿。或者，换言之：关我屁事！

然后，在国内，我发现，自己身边有那么多爱着我的人、关心我

的人。他们想知道我多大我体重多少我是不是减肥我有没有男朋友
我跟上一个男朋友为什么分手我为什么还没有结婚是因为我不想结
婚还是真的没有碰到合适的人等等等等。人们是如此深爱着我，就
好像他们的生命里没有任何更加值得关注和值得关心的事情一样，
好像我是他们生命中的头等大事，所以他们一定要讨个究竟搞个明
白才能够安心才可以放心才能真正让自己舒心。哦，我是那样地被
爱着！

　　他们真的爱我吗？

　　他们真的关心我吗？

　　很多人都跟我说：你条件那么好，怎么会没有男朋友？

　　大姐小妹阿姨叔叔我为什么要跟你撒谎？没有就是没有，什么叫
怎么会没有男朋友？

　　很多人跟我说：没有人追你，我才不相信呢？

　　大姐小妹阿姨叔叔我为什么要跟你撒谎？我没说没有人追我，只
是我身边没有合适的我认为可以交往的对象。于是我真诚地询问你

们，你却跟我说"我才不信呢"，你爱信不信好吧！

很多人跟我说：你不要要求太高，人无完人、差不多就行了。

大姐小妹阿姨叔叔啊，你们的人生就是差不多就行了吗？当我们无法满足自己的要求的时候，难道我要做的就是改变自己，对吧？对的，这是正能量啊！我们没有能力改变世界，那我们可以选择改变自己啊！我也曾经把这个观点当作积极向上的人生观世界观，让自己积极地动起来。可是，不能什么事情都是我一个人改变吧？如果每个人都迁就所谓的"世界"而改变自己，那么，这个"世界"怎么进步？我的男朋友欺骗我，反正我改变不了这个世界，所以，我就改变自己、试着接受他就是一个习惯说谎的混蛋？Gosh，这个世界会不会太奇怪了啊！

我并不是这样说我国内的朋友们都是虚伪的，但是，不可排除的，很多"关心"，的确毫无意义。诚然，有叔叔阿姨哥哥姐姐真的关心我们的现状，但是，很多闲杂人等无非是为了找到一个 topic 可以让某个话题或者某个对话继续下去。还有许多人，只是想要给他们平淡无奇的生活寻找一丝可以聊以慰藉的题材：哦，她那么大了还没有结婚！呵呵！嘴上说的却是："哎呦，亲爱的，你不要太挑剔了呢！我帮你留意着！"说完这句话之后，有几个人真的开始为你打听替你张罗呢？当然，至于被人张罗的 blind date 这件事情是不是靠谱，我之后会另行篇章讨论其原委。既然不会张罗，干吗每次都大惊小怪地讨论我的事情呢？叔叔阿姨哥哥姐姐弟弟妹妹，你们是有多闲啊！每次见到我的时候，问题都是一样的，世界这么大，可以称作问题的问题那么多、可以称之为美好的美好那么美，您何必跟我一个人较劲呢？

你的生活也是这样吗？从多大开始，亲戚朋友家长们从监督着我们不要随便谈恋爱变成了追着问你怎么晚上老呆在家里不出去约会呢？你都没有男朋友吗？

我亲爱的姐妹们，学会应对这些虚伪的"关心"吧！真正关心你的人，要么理解你为何一直单身至今、要么会了解你的需求定会默默为你寻觅适合的人，只有那些闲来无事的人，才会把你的事儿当作新闻跟大家聊聊，还每次追着问你进展，尽管你面露难色依然不管不顾继续追问，或者直接不等你回答，直接灌输大道理：姑娘大了总是要结婚的啊！不能太挑了啊！谁没点儿毛病啊？对啊！你先爱仗着年轻漂亮觉得很多人喜欢你，但是，女人经不起时间啊！差不多得了！

我为什么要差不多得了！

我又不差。

爱情和婚姻不是买衣服买鞋子，怎么就差不多就行了！再说，买件衣服我还挑半天呢？面料得舒服吧！牌子得至少有一个吧！做工得至少精细吧！颜色至少得配我的肤色吧！我又不是三十块钱买一件地摊儿货，我这也是二十几年受过高等教育德智体美劳全面发展上得厅堂下得厨房美丽大方聪明可爱的稀世珍品啊！没想飞上枝头变凤凰，因为我本来就不是麻雀一只等着蜕变。但是，我不想那么将就，有些事儿，该讲究就得讲究，有些事儿，可以将就我自然将就。

所以，我感谢那些真心关心我的人，也真心实意地感谢那些整天打着关心我的旗号、啥事儿都不为干的人——其实我也没指望您干点儿什么——但是，起码，可不可以让我安安静静地坚持自己的选择、享受自己的选择，不要用你们虚伪的"关心"打扰我平静的内心。每个人都有自己的道路和自己的生活，做出了一个选择，自然就得对自己的选择负责任。我的生活出了乱子，我不会怪您，所以，也请您对我们的生活三缄其口。我愿意听长辈的经验之谈、我愿意听同辈的切身之痛、我愿意听更年轻的小朋友的热情的渴望。我愿意和你们交流、和你们讨论、向你们学习。但是，我更知道我自己想要什么，至少，我在一直努力尝试着搞清楚自己想要什么。

　　我不能将就一下嫁一个人，然后将就一下生个孩子，然后就不小心地将就了一辈子。我知道很多"关心"我的人都说："大家都是这么过来的！"大家是这么过来的，是大家的选择，我没有干涉的权利也没有劝阻的能力，但是，我至少可以选择不那样将就的生活。我买过动物园30块的T恤，我也穿过南戴河沙滩边10块的趿拉板，我还吃过武汉早市的看着一点儿也不干净的几块钱的热干面。这些，我可以将就，我还特别享受呢！但是，爱情和婚姻这件事儿，我不能将就，更不能因为那么多虚伪的"关心"而将就。

　　也许，用"虚伪"这样的字眼儿，有些极端。但是，自己听了太多这样的话，身边的亲爱的们也听了太多的话，心情好的时候还好，本来就心情低落，又被这样详细地"关心"一通，别提有多沮丧了！多希望每个人都可以认真地过好自己的生活、积极努力地改良改善自己的生活，等到自己幸福了美好了快乐了，再去真诚地关心身边的朋友的生活，那个时候，你还会对我说："哎，别挑了，差不多了就行了！反正大家都是将就着过！"

　　也许你并不是故意虚伪，也许，你跟我说的，真的就是你内心深处最真实的想法，可是，你愿意暂时忘记我，真正地关心一下你自己吗？你要什么？你要过什么样的生活？是什么阻挡了你获得你想要的生活？是不是你把太多精力都花在了"关心"我身上了呢？如果，你愿意把关心我的心放在你的生活上、工作上、哪怕只是穿衣打扮上，相信我，你会是一个不同的人。而那个时候，你一定会给我不同的建议。

希望，我身边的朋友都可以光鲜亮丽幸福美好地出现在我面前，然后幸福美好地给我她们或者她们的幸福而美好的关心。

世界，到了那个时候，一定，很美，很美。

绘画：Sophia Gui

门当户对，不是说收入一样社会地位一样，
只是类似的家庭背景教育背景和工作背景，
会让两个人更加容易达成某种程度上的相互理解。

门当户对

这是一个古老的说法。

搜狗百科解释说："'门当'与'户对'最初是指古代大门建筑
中的两个重要组成部分。门当户对现指男女双方的社会地位和经济
情况相当，很适合结亲。元朝·王实甫《西厢记》第二本第一折：
'虽然不是门当户对，也强如陷于贼中。'明·凌濛初《二刻拍案惊

奇》第 11 卷：'满生与朱氏门当户对，年貌相当，你敬我爱，如胶似漆。'"

看来，自古以前，世人就对门户有着明确的认识。

究竟，门户之说，是否有道理呢？

小女人认为，门户之登对，相当之有必要。

门当，是"门枕石"的一部分，大白话叫门墩儿。但是，因为石鼓声宏阔威严，平民百姓便认为其能避邪，所以，在民间习惯用石鼓代"门当"。户对，指的中国传统民居尤其是四合院的大门顶部，没有什么实质性的作用，主要是作为装饰门框的构件，通常成对的出现。"门当"，形状有圆形与方形之分，圆形为武官，象征战鼓；方形为文官，形为砚台。"户对"大小与官品大小成正比。所以，这古语里的"门当"和"户对"就这么顺下来了。虽然，过去的门当和户对大部分指的是官宦之家，今天，显然，不必再适用，但是，两个人的结合，需要基本符合大体般配的原则。虽然般配的标准不再是文官对武官、一品配二品，但是，总还是有一定的标准。

现代社会的门当户对，更多的指的是家庭教育背景和经济背景不存在过大的差异。这里不是说干部子弟就不能和工人阶级相结合，而是，男方和女方总要接受了类似的或者相似级别的教育。虽然不能以学历论英雄，虽然很多人物都这个大学没毕业那个高中就直接辍学，但是，个案不能代表整体。而且，没文凭不意味着没文化。但是，一个只有小学教育程度和文化程度的男子，和一个拿到硕士文凭的姑娘，确实有可能一见钟情，但是，他们喜欢的电影、讨论的书籍、说话的方式，怎么可能一样？他们喜欢的东西怎么可能没有差异？你不会真的天真地以为人生观、世界观、价值观都是些不靠谱的理论吧？横行了这么久的理论？这些不是理论，这些是前人总结的经验和教训。

的确，生活中，两个人不会每天讨论《浮生六记》或者《查拉斯特拉如是说》，但是，问题不在具体的哪一本书或者哪个历史人物上，问题是，不同的阅读量和阅读类型，会让人形成迥然不同的对世界的看法和想法。而这些看法和想法，会影响我们日常生活中的每一个细小的选择和行为。

比较容易理解的是价值观，以消费为例。不同的经济背景下的家庭的男女，在买东西的时候，会产生巨大的分歧。一个只认物美价廉，但是，根据价格围绕价值上下波动的原则，根据任何商品都有原始成本的原则，以非常低廉的价格购买的东西，也许性价比高，但是，物美的程度，肯定有限。而另一个人，则认为品质高于一切。为了获得更高的质量保证，付出额外的金钱是正常而合理的。分歧就来了。再或者，一个认为孩子应该精细着养，衣服不用最好的，但是一定需要是品牌；另一个则因为自己从小到大就是糙着摸爬滚打出来的，认为自己的孩子也不需要那么精细，小小年纪非要穿什么牌子的衣服，反正都是布做的，能有多大差别。一个认为偶尔去一下西餐厅、听一下音乐会是给嘴巴一个饕餮、给精神一个升华，另一个认为花钱吃那么一小块牛肉羊肉就动辄几百块，蔬菜切都不切撕吧撕吧就端上桌子连酱都是单独装在小碟子拌都不给拌一下的还要几十块，简直就是打劫！至于施特劳斯或者马勒，也不知道是不是听得懂，还得穿的人模狗样的非要在那儿做两个多小时，自讨苦吃啊！

是的，这种事情不会每天发生。可是，人要每天吃饭每天上厕所每天洗澡吧？如果你认为两个人一个喜欢吃路边烧烤一个喜欢吃法餐不是问题，因为那是可以互相迁就互相让步就能够解决的问题，那么，如果一个愿意每天饭后看会儿书、聊会天儿，一个吃完饭直接游戏或者卧在沙发上看电视一动都不动，是不是也不是问题呢？

生活比你想象的简单，生活也比你想象的复杂。我听过的让我最觉得受不了的例子，是一个德国留学回来的姐姐，嫁给了在飞机上认识的私企老板。两个人经济背景虽然不是相当，但是，也都属于中产阶级。只是，姐姐家里属于代代殷实的知识中产，老板属于从父辈开始自己做小生意起家的二代中产。姐姐在德国留学，老板经常去德国出差。两个人对德国人的认识和旅游的感触，让他们在飞机上滔滔不绝了几个小时。之后，经过七个月的相处，两个人终成伉俪。现在，结婚已经三年。有一次，姐姐说，她本来就没有幻想婚姻是百分之百的和谐和美好，两个毫无关联的人，因为一个叫做"爱情"的东西，走到了一起，必然需要互相包容互相理解。

　　许多事情，她都愿意理解愿意妥协，可是，三年了，对于一件事情，她仍然耿耿于怀：老板始终有在人面前挖鼻屎的习惯。她跟他说过无数次，这样既不卫生又不礼貌，但是，始终未果。后来，她发现，他的爸爸和爷爷，都有这个习惯。姐姐说，我对白手起家的农村人没有看法，他们勤劳勇敢，没有许多所谓的城市里的人的坏毛病和坏习惯，他们更加真诚和简单，也更直率。所以，我会选择嫁给他。可是，我不知道是不是可以把他的出身和他的习惯联系到一起，但是，他确实吃面条喜欢发出超级大的声音、打电话喜欢用特别高的声调、洗澡也不是每天都必须做的事情。但是，这些我都可以慢慢试着接受，我跟自己说：很多男人吃东西都会发生很大的声音、打电话声音大证明他身体好而且表示他性格爽朗、我特别累的时候也会两天不洗澡三天不洗头。可是，当中挖鼻屎这个习惯，我真的是……不管是在沙发上，还是在餐桌上，我都不敢想，也没见他拿一张餐巾纸什么的，那扔哪儿啊！

　　好吧！

　　我没有习惯当着我的面挖鼻屎的男朋友，所以，无法完全体会姐姐的痛苦，但是，想想曾经在地铁上看到的陌生人，我能够理解大约百分之一的她的痛苦。虽然，我个人认为，这是一个可以通过个人努力和克服而解决的问题，虽然我不觉得这和他的家庭背景有百分之百的联系，但是，我实在没有办法说，这没有联系。

　　大学时期，曾经风靡外语系的一部美剧叫做《老友记》，里面有一个可爱的角色叫Joey，他性格开朗，幽默风趣，交往过无数女人。但是，知识水平有限。中间有一个桥段，几个人在讨论Monica的富可敌国的百万富翁男朋友可以买下美国的一个州，然后用他的名字来命名这个州，大家举了Dakota和Mississippi做例子，Joey说不如买下Chicago！众人汗颜，对他说：Joey，我们是要用一个州的名字、不是一个城市！Joey不屑：就好像Mississippi是一个州一样！众人无语。我们一起看片子的同宿舍女生大笑。对于中国人，不了解这个很正常，但是，作为美国人，不知道密西西比是一个州，而芝加哥是一个城市，就实在太搞笑了。当然，也许编剧一方面，想要强调 Joey 从小没怎么上过学的事实和他单纯的个性，另一个方面，也是为了玩笑美国南部的密西西比州并不那么为美国人所知。但是，如果我的男朋友是这样的，我实在很难想象我们将如何交流。我的意思是，做朋友是一回事儿，做男朋友则是另外一回事儿了啊！

　　所以，真的不要小瞧了古语啊老话儿啊的功效，一代一代人传了下来，必然有它们存在的道理。门当户对，不是说收入一样社会地位一样，只是类似的家庭背景教育背景和工作背景，会让两个人更加容易达成某种程度上的相互理解。感情和婚姻中，本来就会涉及到各种各样的问题，如果，还要因为两个人各自的历史背景问题产生矛盾，生活会不会太累呢？

　　找个门当户对的吧！

摄影:Sophia Gui

所有爱情都很现实，
因为生活是实打实的。

贫贱夫妻百事哀

你可以不富裕，但是，不能穷。

如果你本来不穷，生活还算富足，你最好不要找一个会让你的生活变得更穷的老公，因为：贫贱夫妻百事哀。

爱情，跟金钱无关？

　　爱情本身确实跟金钱无关，但是，生活，绝对跟金钱有关。

　　两个人可以只谈恋爱不谈物质吗？许多年轻的姑娘认为这是完全没有问题的，可是，仔细想想看，真的没有问题吗？有人在路边站着谈恋爱，有人在麦当劳肯德基里谈恋爱，有人在必胜客里谈恋爱，有人在哈根达斯马克西姆里谈恋爱。这些真的都是不重要的外在的物质条件吗？有人过生日可以收到一个玩具熊，有人过生日可以收到一束 52 朵的红玫瑰，有人过生日可以收到刚刚上市的 iPad Air。这些真的都是不重要的外在的物质条件吗？

　　舆论上，人们妖魔化了女人对物质的需求，也妖魔化了物质需求的正确性。没有必要所有人都住着大房子开着豪华跑，也的确不需要每一个生日都收到昂贵的生日礼物，当然，也没有必要每一顿晚餐都在 Agua 或者每一次下午茶都去 M。但是，不去不要没必要是一回事儿，负担不起送不起是另一回事儿。生活的确是平淡的，平淡得可爱，也平淡得可怕。

　　日常生活的开销有多大？既然我们把感情和物质分开，那么，就假设两个没有房子和车子的年轻恋人好了。日常开销有多大呢？租房子。2000？3000？4000？看你住在几环里。交通费。200？300？500？看你工作的地方离租的房子有多远。日常交际费。

500？ 1000？ 1500？ 取决于你的人缘儿以及这个月有几个朋友结婚或者生孩子。每天的吃饭买菜买水果牛奶饮料还有零食。2000？3000？ 通讯电费水费杂费呢？逛街吗？买衣服吗？养狗养猫吗？孝敬父母吗？每个月存多少钱以便不时之需还有以后买房子呢？偶尔算算，还挺有趣。如果，你每次掏出钱包，想要买或者需要买任何一样东西的时候，你都要思前想后，你还会一样快乐吗？如果，你的所有希望对方满足你的愿望，都没有办法被对方满足，虽然他有想要满足你的真诚的心，你还会一样快乐吗？

一个好友刚刚离了婚，她是我们几个人当中相信爱情的典范。两年前，她义无反顾地嫁给了一个家乡远在千里之外的男人。男人对她温柔体贴，但是，受教育程度极为有限，经济条件也相当一般，或者说，家里的经济有点儿微微窘迫。女友也不是大富大贵之家，父母也是普普通通工薪族，资产不过家里的一套两室一厅，还是父母单位当初分的房子。离婚后，她一直很难过，也一直很冷静。她是这样回顾她三年的恋爱和两年的婚姻生活的：

我相信爱情，当然相信。一个人捧着 50 朵红玫瑰，一个人捧着100 朵红玫瑰，我不会爱捧着 100 朵的多一些；一个人送我一个大泰迪熊，另一个送我一个 Iphone6，我也不会爱苹果男多一些。我以为，自己是超级不物质的一个女孩儿，我自己家里也就是普普通通的工薪族，我的生命里没有奢侈品，我也从来不认为我需要奢侈品。对我而言，一个 LV 和一个帆布包，都一样可以上班买菜去约会，我不会因为一个包包变得更加漂亮，也不会因为一束花儿而更加幸福。刚刚和他在一起，因为感动带给我的快乐，远远多于快乐带给我的快乐。我的意思是，他家境不好，但是，他会攒钱就为了带我去吃一次两百块的港式西餐。我知道，在你们看来，这简直太小儿科了，但是，我的男朋友就是一个月只有 3000 的收入。但是，他愿意都花在我身上。作为女人，我夫复何求？不是一直有一个说法，就是不要看男人给你花了多少钱，而是要看，他给你花的钱，是他拥有的所有钱财里的百分之多少吗？呵呵，我就信了啊！我认为，我找到了一个愿意给我百分之百的男人，事实上，他确实愿意。所以，我想，我是幸福的，也是幸运的。

虽然同居的时候也租房子，但是，领证以后，租房子就显得多少有点儿尴尬。他的亲人朋友都在老家，倒是好说，我自己的亲戚朋友，就有点儿说不过去。我就索性没跟大家说我们结婚了，婚礼也没办，准备等我的两限房申请下来再说。真到婚礼的时候，总不能把我从父母家接出来送到和别人合租的房子里吧，我就算不在乎，跟老家儿也说不过去。结婚以后，他没有像很多人说的那样的已婚男人对媳妇儿越来越熟视无睹，他没有什么太大的变化，我也觉得挺好。

　　只是，后来，我发现，我其实希望他发生一点儿变化，毕竟，我
们已经结婚了。我希望我们更亲近、我希望他对我更好，我也希望
他更有责任感。但是，他还是跟婚前一样，该吃吃该喝喝。偶尔带
我下一次馆子，好像还是希望我兴高采烈。可是，我的感觉却越来
越不同。我希望他可以真的带我去一次传说中的四合轩，看看法国
大厨是怎么给我们煎鹅肝的，但是，我又知道，一次四合轩相当于
他半个月的工资，虽然可以坐在护城河边看我最爱的角楼，但是，
这个代价实在有些大。我希望他可以在我妈上次住院的时候，去付
款台把押金交了，但是，我知道，他的卡里余额只有四位数。

　　我希望他能够送我一次玫瑰，至少一次，但是，真的从来没有，
除了那年情人节电影院送的那一支，那居然是他送我的唯一的一朵
玫瑰。我以为，我的要求会随着时间的推移而减弱，我会越来越习
惯我们的生活，而不是越来越不适合我们的生活。但可怕的是，我
真的越来越不习惯。他还是做着一样的工作，收入没有增加，习惯
没有改变。我希望他能更努力，学点什么新的技能，提高一下自己，
以便在工作上有更大的发展，他的理由则是没有钱去学别的东西，
因为要租房子要交水电费还要攒钱还要让你买衣服等等。拜托，我
三个月都买不了一件衣服！

有时候，一个人躺在床上，看租来的房子里的天花板，墙皮有些
脱落，颜色也失去了往日纯粹的白，在岁月中发了黄变了色。那个
瞬间，我觉得我就是那块褪了色的随时都会掉下来的墙皮。我喜欢
他，我爱他，我喜欢和他在一起的感觉。但是，我真的受不了每次
去超市都只看贴着黄色价签的东西，被他带的，连品客薯片我都觉
得贵！你明白吗？其实，我也是想吃品客的，只是，当你知道你连
吃品客的权利都没有了的时候，你是多么的难过。为自己难过。我
问自己，这是我想要的生活吗？没有人想要这样的生活。我不想说
我很物质，但是，也许，我真的很物质。我需要被满足，我的欲望
需要被满足。不用一直被满足，但是，偶尔满足一下，让我也可以
虚荣一下，不是虚荣给别人，是虚荣给自己，只为了自己，让我有
机会可以偶尔虚荣一下。

　　……

她没有给我讲他们是不是经常吵架，但是，她说完这些，我的脑
子里只有那几个字：贫贱夫妻百事哀。

你可以不攀高枝或者只认钱，但是，我真的想告诉你，不要让钱
成为你们争吵的根源。一旦开始，男人不再是男人，女人，也很难
是女人。你也许不需要很多钱，但是，你真的需要钱。

闺蜜

摄影：Sophia Gui

寂寞吗？电话闺蜜，来陪你海聊一夜。

干吗去？

闺蜜！

又是闺蜜！

……

这是 W 和男朋友之前最常见的对话之一，见闺蜜、电话闺蜜，也是 W 生活中最重要的三部曲之一，也是 W 最享受的乐事之一。当然，在 W 的男友看来，事情则恰恰相反。

W 不是一个事儿特别多的女人，很少发脾气，也很少跟男友提出这样或者那样的要求。首先，W 是一个经济上可以自给自足的女人，这让她不需要通过撒娇或者其它方式让男友给她买手机或者包包，这两样东西，W 的客户基本上会在第一时间双手奉上。其次，W 是一个思想上比较成熟的女人，在她看来，如果男友想要送自己礼物或者想要给自己什么惊喜，不需要自己特别表示，他自然会去做。已经在一起三年有余，对彼此的生活习惯兴趣爱好都了解得不能再了解，脾气秉性更是早已摸熟，这种情况下，不需要暗示他什么或者要求他什么，用 W 的原话说："全靠自觉。"

这样的女朋友应该是特别省心的吧！

W 的男友如是说。

但是，有一件事情，让 W 的男友很不爽，那就是貌似 W 和她的闺蜜们分享的信息完全没有经过任何筛选和过滤，都是原始信息的赤裸裸的交流。鉴于 W 的个性，回到家里，她还总会把闺蜜们的聊天内容给男友一个简报。说别人的男友也就罢了，问题是 W 的男友本身也是其他闺蜜们讨论的话题。男友本以为，姑娘们聊天，尺度还是有的，但是，听了 W 的简报，他才发现"三个女人一台戏"的说法是有生理根据的，女人们聚在一起，是完全没有原则的。男友也有三五好友，哥几个儿经常约着出去喝一杯，但是，很少有人跟对方提及自己性爱的持续时间或者使用的方式。但是，根据 W 的简报，闺蜜们在一起无所不谈，上至男友的身高体重、下至性生活的特殊喜好，远到太姥姥太姥爷的家庭构成，近到男友的手机短信，闺蜜在一起交流起来，用男友的话说："太可怕了！"

　　W 从来不看男友的手机，他们之间也一直不存在信任问题。但是，W 经常给男友讲述闺蜜们 KGB 般侦查男友或者老公的趣事，趁着对方洗澡的时候偷看啊，查看苹果去过的位置啊，网络上的浏览地址痕迹啊……男朋友听得不寒而栗。W 说的津津有味，男友也知道 W 不过是当个乐儿讲给自己听，但是，每当 W 说到诸闺蜜劝她也要多留个心眼儿的时候，虽然 W 总是完全不在意地说她们都有病，但是，男友却对闺蜜不寒而栗。偶尔和 W 的闺蜜吃饭聚餐，男友都陪着小心。倒不是心里有鬼，只是这么一群人精儿似的女人们每周至少两次和 W 约会，保不齐哪天又会支什么阴招。

　　对于闺蜜这件事情，男人和女人的态度，就像对待其它许多事情一样，是截然不同的。

　　女人离不开闺蜜，是因为闺蜜满足了她们倾诉的愿望和被关注的愿望。闺蜜之间的交流是相互的，虽然每个闺蜜群众都会有一个特别能说的，但是，纵然那些相对而言安静和寡言的，按照她的标准，也已经算是袒露心扉了。闺蜜们在这个群体上，用彼此的秘密赤裸相对，这里是她们可以畅所欲言的地方，真正的闺蜜，很清楚地知道这次聚会谁是说话的主角，也知道什么时候应该给予什么样的支持。该骂人的时候骂人、该吐槽的时候吐槽、该轻声叹气，绝对不会说一个字。真正的闺蜜不会 judge，她们不评价彼此的对错，因为她们清楚地知道，自己聪明的闺蜜不可能不明就里黑白不分，如果她决定这么做，纵然是错的，也一定是她已经考虑清楚、下定决心的结果。闺蜜彼此喜欢支招和出主意，这些招式和主意可能有很多完全不具备参考价值，更多时候，是车轱辘话来来回回。但是，闺蜜们就是需要这个。如果想要解决问题，就直接去解决问题了，还跑来跟闺蜜啰嗦什么？跟闺蜜唠叨显然是打着解决问题的旗号，一吐为快的。除了闺蜜，还有谁受得了我们同一件破事儿说来说去唠叨三个月呢？ No one！只有闺蜜能够做到。

　　但是，很多时候，成也闺蜜、败也闺蜜。

　　就像 W 的男友。

W 的男友对 W 的闺蜜敬而远之是有历史原因的。W 的男友是离婚人士，话说当初离婚的理由，实在有些冤枉。男友是个内向的好男人，一直是众人口中的模范丈夫。后来，跟一个认识了很久的姑娘走得有点儿近，姑娘当时在跟她的男朋友闹分手，碰巧 W 的男友跟这姑娘的男友也相识，这样一来，姑娘就时不时跟 W 的男友唠叨一下自己的烦心事儿。W 的男友是个善良的人，一开始就出于朋友的关心，认真地听着。后来听不下去了，就表态支持姑娘和她男友分手，希望她勇敢坚强，如果需要自己，随时愿意效劳。就这样，W 的男友和姑娘走得有点儿近，估计，当时，这男友也是动了小情，但是，事儿是没有的。可是，男友的前妻在男友的手机聊天记录发现了端倪，两个人你一条微信我一条微信地你来我往，总是有些暧昧的言语。可是，人家姑娘也一直在念叨自己的男朋友如何如何，最后还是跟男朋友重修旧好。按说，媳妇儿因为这事儿生气，也是自然，女人嘛，不吃醋没法活。男友当时就想，好好哄哄也就过了。可是，倒霉就倒霉在男友的前妻的闺蜜上。她们开了几个小会，其中两个闺蜜坚定不移地告诉前妻，这其中肯定有事儿，不仅如此，还绘声绘色说得有鼻子有眼儿，就好像她一直是整个事件的目击者。两个人你一言我一语，那意思就是，这事儿不能轻饶了男友。如果这次不让他吃了教训，以后还不得上房揭瓦去！就这么着，前妻被忽悠着，回家跟 W 的男友闹，白天闹晚上闹，小区里闹公司里闹，要掌握家里所有的经济大权，没收男友所有的银行卡信用卡还有存

折，这还不够，还要让男友写一份思想汇报和一份保证书，第一篇
是为了了解他思想变化和犯错的全过程，并留一份记录，以备后患；
第二篇是为了监督和督促老公的日常行为。除此之外，还要 W 的男
友提交每个月的通话记录详单，以便她掌握他的社交范围和频率。
否则，离婚。

结果可想而知，本来只是想闹一闹的妻子变成了前妻，她的丈夫
成了 W 现在的模范男友。

受过伤啊！

男友思前想后，把故事讲给了 W 听。W 温柔地如一团棉花靠在
男友结实的肩膀上，水藻般的长发几乎盖住了男友的整个胸膛："我
爱你，亲爱的。"

之后，和闺蜜聚会之后，W 不再简报。

上个月，W 和男友终成伉俪。

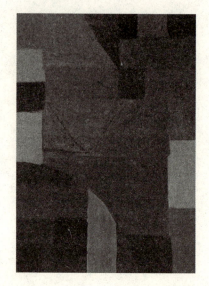

绘画：Sophia Gui

三个致命印象

克林顿说：

不要在别人表现最好或最坏的时候，

对别人做出判断。

　　虽然我们都知道每个人都有很多面，根本无法用多少分或者好坏
两个字来评判，但是我们还是或者总是幼稚地公式化，试图将别人
分成好人或者坏人。这样已经极不理智加客观，我们偏偏还有一个
更可怕的习惯，那就是根据三个致命的印象给另一个人打分或者分

类——第一印象、最佳印象以及最差印象。偏偏，这三个印象，都不可靠。

第一印象往往鲁莽。虽然凭着直觉也许真实，但是以貌取人的本质却挥之不去。诚然，相由心生有它的道理，但是，不是每个人的心声都能够准确地反映在脸上。加上现代科技的发展和化妆业的蓬勃发展，第一印象的可靠性有待考证。

最佳印象往往情绪化。一般对另一个人的最佳印象，往往是因为对方在某个特殊的时刻做出了某个特别的行为，而这个特殊的行为对当时处在特殊状况的自己，又有着特殊的意义。于是，最佳印象便因此形成。其实，并不见得对方真的就是那样的人，或者自己真的对某种行为有特殊的喜好，只是，天时地利人和碰巧赶到了一起，于是，形成了一个美轮美奂的最佳印象。

最差印象往往冲动。形成最差印象的时候，两个当事人通常都处在情绪极为不稳定的冲动状态下，语出伤人绝对是轻而易举的事情。无论两个多么相爱的人，都会有一种神奇的本领，那就是在自己愤怒的时候总会选择对方最讨厌的语言或者行为方式，总能够分分钟击中要害，让对方立刻抓狂。也许不是故意的，但是，两个人又都认为对方都是故意为之。

　　这三个印象，决定了很多人的命运，但是，它们又那么的不真实。生活中，没有那么多激烈的情节和故事，大部分时间，都是两个人小桥流水般的相处。所以，亲爱的，如果下次，你想要选择或者放弃一个人，试试放下这三个印象，问问自己的感受吧！

已婚和未婚

摄影：沈彻

熊猫性格孤僻，不适合谈恋爱。

但是，你永远不知道，

它幸不幸福……

　　很多时候，已婚的女人都会带着一丝骄傲和怜悯对未婚或者单身的女子说："还没有合适的吗？差不多行了吧，啊！找个靠谱的嫁了吧！"

　　很多时候，未婚的女子都会带着一丝骄傲和怜悯对已婚尤其是已婚已久的女人说："你都结婚那么久了啊？哎，时间长了都差不多吧！反正早晚都得结，这样挺好，安定。"

　　那些已婚的女人，回到家里，只管洗衣做饭看孩子，跟未婚女子描绘的那些有个人陪着说说话看看电视手拉手散散步还有互相按摩之类的，压根儿没有影儿。

　　那些未婚的女子，回到家里，泡一碗方便面，心情好的也许还加个鸡蛋之类，跟已婚女人描绘的那些，一个人的浪漫，蜡烛玫瑰花瓣的泡泡浴，或者跟形形色色的帅哥，无数可能性的酒吧狂欢之夜，完全不着边儿。

　　并非，她们，在说谎。

　　只是，人，都需要一个理由。

　　一个坚持下去的理由。

　　一个相信自己是对的理由。

　　一个让自己可以继续活下去的理由。